Teufelsweib

Chris Oeuvray

AF192144

Bibliografische Information der
Deutschen Nationalbibliothek
Die Deutsche Nationalbibliothek verzeichnet diese
Publikation in der Deutschen Nationalbibliografie;
detaillierte bibliografische Daten sind im Internet über
www.dnb.de abrufbar.

Originalausgabe
Veröffentlicht im Amsel Verlag, Zürich, April 2022

Copyright © 2022 by Chris Oeuvray, Zug
Redaktion: Milenko Lazic, Zürich
Schreib-Coaching: Carlo Meier, Zug
Lektorat: Yoko Röder, Wien und Mentorium, Berlin
Umschlag und Satz: nice — Visuelle Gestalterei, Zug
Cover-Abbildung: *Sommerhitze* von Sussi Hodel, Unterägeri
Autorinnenfoto: Philippe Hubler Fotografie, Hünenberg
Herstellung: BoD – Books on Demand, Norderstedt

ISBN 978-3-906325-74-3

Teufelsweib

Frauenpower pur

Chris Oeuvray

Chris Oeuvray hat in ihrer Tätigkeit als Beraterin und Life-Coach tiefen Einblick in gesellschaftsrelevante Themen. Schwerpunkte sind Narzissmus, Emanzipation von Frau und Mann sowie komplexe familienpolitische Fragen. Ihr entsprechend profundes Wissen bringt sie in ihren Büchern Tödlich verliebt und Teufelsweib ein. Auf gekonnte Art verbindet sie spannende Unterhaltung mit anschaulicher Lebenshilfe.
Sie ist 1967 geboren und lebt mit Partner und Sohn in Zug (Schweiz).

Für Manuel und Michael

DANKE

Carlo Meier, Schreibcoach und Lehrer. Durch sein literarisches Feingefühl überrascht und inspiriert er mich immer wieder aufs Neue. Hartnäckig und beharrlich zeigt er mit dem Finger auf Passagen, die gestrichen, ausgeschmückt oder besser formuliert werden müssen. Ich bewundere seine Geduld und seinen Humor.

André Widmer, für die kompetente kriminalistische Überprüfung.

Yoko Röder, meine Lektorin für den ersten Entwurf. Dank ihrer Mitwirkung und Motivation fand ich gut in die Spur.

Meine weiteren Freundinnen: **Michaela, Nathalie, Steffi, Barbara und Katja.** Ich kann nur sagen: Frauenpower pur.

Amsel Verlag mit **Milenko Lazic** für die Aufnahme dieses Werkes.

Manuel Schöni, fürs Gegenlesen und die wertvollen Inputs. Du warst mir stets eine Inspiration.

nice — Visuelle Gestalterei, Sidi Meier, für die Gestaltung des Covers, sowie für Satz und Innengestaltung

Philippe Hubler für die tollen Autorinnenfotos

Sussi Hodel, für das Bild Sommerhitze auf dem Cover

An meine **Eltern.** Sie sind mir stets ein Vorbild.

Stadt Zug, für die grosszügige Unterstützung.

1

Melanie nippt an ihrem Cocktail und nimmt den kleinen Papiersonnenschirm aus dem Glas.

»Zum Wohl!«, prostet sie fröhlich ihrem Bruder Alex und seiner Frau Marianne zu, die ebenfalls bunte Drinks in den Händen halten. Dann schaut sie zu ihren zehnjährigen Zwillingen Tina und Noah hinüber. »Kinder, wollt ihr auch was?«

Die beiden sind ins Sandburgenbauen vertieft und schauen nicht mal auf.

Melanie lässt den Blick übers Meer schweifen. Ein lauer Sommerabend in Dohanar. Die Sonne brennt nicht mehr so heiß und wird bald am Horizont verschwinden.

»Seht mal, da drüben zünden sie ein Feuerwerk!« Melanie steht auf. »Ist ein bisschen früh, nicht?«

Es knallt, und alle schrecken auf.

»Das ist kein Feuerwerk!«, schreit Alex. »Das sind Schüsse! Schnell, wir müssen weg hier!«

Melanie und Marianne lassen die Drinks fallen und nehmen die Kinder an den Händen.

»Los!« Alex rennt voraus. »Alle zum Hotel!«

Melanie sieht, wie Reiter in dunklen, wehenden Gewändern den Strand entlanggeritten kommen. Sie brüllen und schießen wild um sich.

Menschen rennen panisch in alle Richtungen. Die Reiter schießen sie gnadenlos nieder.

Melanie hetzt auf das Hotel zu.

Die Schüsse werden lauter.

Noah stürzt, Melanie reißt ihn mit aller Kraft mit sich. Alex bleibt stehen. »Wir schaffen es nicht zum Hotel!« Er rennt auf eine kleine Hütte zu, in der bis gerade eben noch Badetücher ausgegeben wurden.

Keuchend bleiben alle davor stehen und blicken hinein. Sie ist leer. Die Klappe über dem Tresen steht weit offen.

»Kinder, auf den Boden!«, befiehlt Melanie.

Mit angstgeweiteten Augen legen sich die Kleinen drinnen hin. Melanie legt sich auf Tina und Marianne auf Noah, sodass beide Kinder für Blicke von außen nicht zu sehen sind und trotzdem noch atmen können.

Alex deckt alle mit den Badetüchern aus der Hütte zu. »Seid still. Ich versuche sie abzulenken!«

Er lässt die Klappe hinunter und rennt durch das Blickfeld der Reiter auf das Hotel zu.

In der Hütte halten sich Melanie und Marianne die Ohren zu. Draußen knallt es unablässig. Ein Kugelhagel folgt auf den anderen.

Doch plötzlich hört die Schießerei auf.

Tödliche Stille setzt ein.

Melanie nimmt die Hände von den Ohren.

Horcht.

Hofft.

Ist irgendetwas von Alex zu hören?

Nur das Tosen der Stille erfüllt die Luft.

Die Kinder zittern auf dem Boden. »Mami ...!«

»Schscht...«, macht Melanie leise.

Sie sucht Mariannes Hand.

Nimmt sie. Die beiden halten sich fest.

Melanie betet. Betet um ihr Leben und das ihrer Lieben.

Plötzlich nähern sich Geräusche.

Hufgetrappel.

»Hoo!« Die Pferde halten vor der Hütte an.

Melanie hält den Atem an.

Die Männer steigen ab.

Schritte kommen näher.

Die Klappe wird geöffnet, Licht dringt durch die Badetücher an ihre weit aufgerissenen Augen. Melanie betet. »Lieber Gott, bitte verschone uns.«

Dann rattern Schüsse los.

Und alles wird dunkel.

2

Das Radio läuft. Viktoria sitzt auf ihrer großen Terrasse, blickt auf den See mit dem Bergpanorama dahinter und genießt den Morgenkaffee mit ihrem Mann Max.

Im Radio endet ein Popsong, und die Nachrichten beginnen. *Terroranschlag im Ferienort Dohanar. Ein Attentat im Hotelbezirk des Touristenorts fordert auch viele Schweizer Opfer.*

Viktoria wird blass. Mit zitternden Händen stellt sie die Tasse ab. »In Dohanar? Da ist doch Melanie mit der ganzen Familie in den Ferien!«

Geschockt steht sie auf und dreht das Radio lauter.

Auch das bei Schweizern beliebte Hotel Royal Dolphin wurde Schauplatz eines Angriffs von rund zwanzig Terroristen. Bisher wurden vierunddreißig Tote bestätigt, davon vierzehn Schweizer. Verletzt sind fünfundsiebzig Menschen, acht davon schwer. Die Verletzten wurden in die umliegenden Krankenhäuser gebracht. Die Terroristen haben über einen längeren Strandabschnitt gewütet. Die Situation ist unübersichtlich. Die »Malfatica« übernimmt die Verantwortung für die Tat. Vertreter der Schweizer und anderer Botschaften sind vor Ort. Zu weiteren Meldungen.

Viktoria schaltet das Radio aus.

Setzt sich.

Sie kann kaum einen klaren Gedanken fassen.»Sie waren bestimmt gerade auf den Zimmern. Oder im Ort zum Einkaufen. Oder in einem Restaurant ...« Sie schaut zu Max.»Oder?« Max setzt sich zu ihr.»Gut möglich.« Das klingt nicht sehr überzeugend.

Viktoria senkt den Blick und greift nach Max' Hand.»Erinnerst du dich noch, wie ich Melanie kennen gelernt habe?« Max nickt.»Als wäre es gestern gewesen. Schrecklich war das.«

Viktoria blickt zurück:»Sie war so stark und hat es geschafft, sich ein neues Leben aufzubauen. Und jetzt ist sie vielleicht tot.«

Max nimmt sie in den Arm.»Wir wollen jetzt nicht gleich vom Schlimmsten ausgehen. Lass uns schauen, ob wir was herausfinden können.« Er reicht Viktoria das Handy.»Ruf Melanie an. Vielleicht haben wir Glück und erreichen sie.«

Viktoria versucht es. Doch vergeblich, Melanies Handy ist aus.

Daraufhin durchsuchen sie beide das Internet, zappen durch alle Fernsehkanäle, lesen die Mitteilungen sämtlicher Nachrichtenagenturen, klicken sich durch unzählige Aufnahmen und Videos sozialer Netzwerke.

Nichts. Über Melanie und ihre Familie ist nicht die kleinste Information auffindbar.

Mit jeder Stunde erhöht sich die Zahl der Toten und immer mehr erschreckende Details kommen ans Licht.

Viktoria starrt auf den Fernseher.»Hier, eine Hotline!«

Hastig tippt sie die Nummer ins Telefon ein – doch die Leitung ist besetzt.

Sie versucht es wieder und wieder. Mit dem Handy am Ohr tigert sie auf und ab. Dann, endlich – eine freundliche Stimme meldet sich. Die Leitungen seien überlastet, man solle es später nochmals versuchen.

Verzweifelt wählt Viktoria erneut.

Wieder besetzt.

Plötzlich spürt sie Max' Hand auf ihrer Schulter. »Es ist schon spät, leg dich doch ein bisschen hin, ich versuche es weiter.«

»Ich kann sowieso nicht schlafen!« Trotzdem legt sie sich auf die Couch. Und schläft sofort ein.

Nach einer halben Stunde wacht sie bereits wieder auf. Benommen richtet sie sich auf und weiß für einen Moment nicht, was los ist.

Max hält sich das Handy stumm ans Ohr.

»Und?«, fragt Viktoria. »Hast du jemanden erreicht?«

Sein Blick spricht Bände.

»Also nicht.« Enttäuscht senkt sie den Blick.

Dann steht sie auf und übernimmt das Telefon wieder.

Sie wählt, wartet, wählt erneut.

Um zwei Uhr früh kommt sie endlich durch.

»Wie kann ich Ihnen helfen?«, fragt eine freundliche Frau mit ruhiger Stimme.

Viktoria schlägt das Herz bis zum Hals. »Freunde von uns sind in Dohanar im Hotel *Royal Dolphin*. Wissen Sie, ob es ihnen gut geht?«

»Was können Sie mir über Ihre Freunde sagen? Um wie viele Personen handelt es sich, wie lauten ihre Namen?« Mit zitternder Stimme gibt Viktoria die Informationen durch. »Danke«, sagt die Frau. »Ich werde anhand Ihrer Angaben abklären, was ich herausfinden kann. Zurzeit kann ich Ihnen keine weiteren Informationen zu Ihren Freunden geben.« »Wie bitte? Das kann doch nicht Ihr Ernst sein!«, entrüstet sich Viktoria. »Es ist mitten in der Nacht, ich versuche Sie seit Stunden zu erreichen, und jetzt können Sie mir nicht einmal sagen, ob meine Freunde noch leben?« »Tut mir leid. Hier herrscht gerade das pure Chaos. Bitte haben Sie Verständnis«, sagt die Frau beruhigend.

Viktoria schmeißt das Handy mit voller Wucht auf das Sofa. »Was können wir bloß tun? Ich muss doch wissen, was los ist!« Sie dreht sich zu Max. »Wir müssen jetzt all unsere Kontakte aktivieren! Wir brauchen einfach jede Unterstützung, die wir kriegen können!«

Gemeinsam gehen sie ihre Kontaktlisten durch. Sie telefonieren mit Freunden, die beim Roten Kreuz, dem Departement für auswärtige Angelegenheiten und anderen Hilfsorganisationen arbeiten. Einige versuchen zwar zu vermitteln, doch laufen die meisten Kontaktversuche ins Leere. Nach vielen nervenaufreibenden Telefonaten erhalten sie schließlich Unterstützung von der Opferhilfe. Viktoria kennt die Abläufe der Organisation und kann sich einen Platz im Flieger nach Dohanar sichern. Endlich. Viktoria ist erleichtert.

Der Fernseher ist seit Stunden in Betrieb. Die Bilder wiederholen sich – doch plötzlich wird das Programm mit einer Live-Schaltung nach Dohanar unterbrochen.»Vermisste Schweizer Familie mit zwei Kindern wohlauf«, berichtet eine Reporterin.

»Viktoria!«, ruft Max.»Komm schnell!«

Sie rennt vor den Fernseher, Tränen in den Augen.»Los, zeigt die Familie! Los! Los!« Nervös starrt sie auf das TV-Bild. Die Reporterin kündigt ein Interview mit der Familie an. Dann folgt eine Werbepause.

»So ein Scheiß!« Viktoria versucht, ruhig zu atmen. Nach unendlich langen acht Minuten geht es endlich weiter. Die Reporterin steht in der prallen Sonne. Der Schweiß läuft ihr über das Gesicht. Ihre Frisur wird zur Seite geweht. Das scheint sie nicht zu kümmern.

Freudigaufgeregt schildert sie:»Eine Familie hat aus purem Zufall den Anschlag in einem Nebengebäude des Hotels überlebt.«

»Kommt schon, jetzt zeigt sie endlich!« Viktoria drückt hoffnungsvoll die Daumen. Die Knöchel stechen vor Anspannung weiß hervor.

»Die Familie wird von einem Care-Team betreut«, sagt die Reporterin weiter.»Wir dürfen kurz ein paar Worte mit ihr wechseln.«

Das Bild schneidet in die Hotellobby. Die Reporterin geht zu einem jungen Paar mit zwei kleinen Kindern.

Viktoria wendet sich ab.

Sie hält sich die Hand vor den Mund.

Beginnt zu schluchzen. Ihre Knie werden weich. Sie knickt ein. Max fängt sie auf, bevor sie zu Boden stürzt. Vorsichtig legt er sie aufs Sofa, macht den Fernseher aus. Er setzt sich neben sie und legt ihr den Arm um die Schulter. »Komm her, meine Liebe.«

Sie ist untröstlich. »Ich habe so gehofft ... so gehofft ... so gehofft ...«

Er drückt sie an sich. »Ich weiß. Vielleicht zeigen sie im Fernsehen nicht alle Überlebenden.«

Sie hört auf zu schluchzen, zieht die Nase hoch. »Meinst du?«

»Ja. Vor Ort erfährst du mehr ... Komm, ich helfe dir packen.«

Er weiß, dass es ihr guttut, sich mit Alltäglichem zu beschäftigen. Es lenkt sie zumindest ein bisschen ab.

»Das wäre nett«, antwortet Viktoria.

Schweigend packen sie ein, was sie für die Reise nach Dohanar braucht.

»Denk auch an Sonnencreme und Sonnenhut«, sagt er.

Der Flug geht erst morgen früh. Viktoria kann sich nicht vorstellen, wie sie die Zeit bis dahin durchstehen soll.

Die beiden legen sich schlafen.

Viktoria wälzt sich die ganze Nacht von der einen auf die andere Seite.

Gerädert steht sie am Morgen auf. Max fährt sie zum Flughafen. Keiner redet.

Still umarmen sie sich zum Abschied.

»Gute Reise«, murmelt Max ihr ins Ohr. »Ich hoffe, alles kommt gut.«

Sie nickt, verschwindet in der Abflughalle.

Hier herrscht ein emsiges Treiben. Nach dem Check-in kommt sie zur Zollkontrolle. Ihr klopft das Herz bis zum Hals, als sie die Polizisten sieht. Erinnerungen kommen hoch. An die Zeit im Gefängnis. Obwohl es schon lange her ist, kriegt sie jedes Mal ein mulmiges Gefühl, wenn sie Uniformierten begegnet.

Doch alles geht gut.

Viktoria steigt ein. Das Flugzeug hebt ab. Der Flug wird ein paar Stunden dauern. Das Essen lehnt sie ab. Sie zieht eine Augenbinde an und stellt die Rückenlehne nach hinten. Sie kommt fast um vor Sorge.

3

Viktoria war achtzehn Jahre alt, als Flowerpower, Minirock und der Beat der wilden Kerle die Welt eroberten. Überall schmückten Hippies den tristen Alltag mit ihren bunten Kleidern, ihrer Musik und ihren Drogen.

An dem beschaulichen Vorort nahe Zürich, in dem Viktoria aufwuchs, ging dieser Trend jedoch nahezu unbeachtet vorbei. Nur die wenigsten trauten sich, in der Hippie-Szene mitzumischen. Viktorias Eltern, Greta und Otto Hasler, kümmerte das wenig. Sie genossen die rebellische Bewegung in vollen Zügen. Zur Musik von Jimi Hendrix, den Stones und Janis Joplin färbten sie sich ihre eigenen Batik-Shirts und demonstrierten zusammen mit ihren Freunden für die Rechte der Frau, Frieden und Umweltschutz.

1971 feierten sie die Einführung des Frauenstimmrechts. Nach jahrzehntelangem Kampf für dieses Recht gelang es der Frauenbefreiungsbewegung FBB, einer radikal feministischen Vereinigung junger Frauen, politisch durchzugreifen. Diese Vereinigung war in den späten 60er Jahren mit Christiane Brunner als Präsidentin gegründet worden.

Am 1. März 1969 fand der Marsch auf Bern statt. Unglaubliche 5000 Frauen und Männer demonstrierten vor dem Bundeshaus. So viele Demonstranten hatte es nie zuvor gegeben. Mit tosendem Applaus stimmten sie der Resolution von Emilie Lieberherr zu, in der sie alle Bürger der Schweiz aufforderte, das Frauenstimm- und Wahlrecht zu verwirklichen.

Ottos und Gretas Clique waren an vorderster Front dabei. Sie ließen kaum eine Demonstration aus. Die engagierten Frauen hatten nicht nur Freunde. Oft wurden sie als Mannsweiber beschimpft, was nicht an jeder von ihnen spurlos vorüberging. Emanzipation war ein hartes Pflaster. Sie hätten es wohl kaum geschafft, wenn sie nicht so stark, mutig und ausdauernd gewesen wären.

Roger Fehr war Gretas und Ottos engster Freund. Mit viel Herzblut engagierte auch er sich für Freiheit und andere aktuelle Themen. Als Jurist verstand er vieles und konnte auch komplizierte Zusammenhänge mit einfachen Worten erklären. Sie debattierten oft bis spät in die Nacht. Politik war in dieser Familie ein Alltagsthema.

Ottos und Gretas Töchter, Viktoria und die zwei Jahre jüngere Schwester Anna, marschierten bei allen Demos mit. Frei von jeglichen Konventionen wurden die beiden Mädchen zu selbstbewussten, selbstbestimmten Frauen erzogen.

Viktoria sog mit der Muttermilch auf, dass sie als Mädchen Rechte hatte, dass sie ihre Träume verwirklichen konnte, dass sie an sich selbst glauben musste, um es weit zu bringen. Ihre Mutter trichterte ihr das immer wieder ein.

Auch ihr Vater hielt sich nicht mit elementaren Tipps zurück. »Das Leben besteht nicht nur aus Arbeit, sondern auch aus Vergnügen«, sagte er. »Legt eine rockige Platte auf und tanzt euer Leben!« Viktoria fand das klasse.

Gleichberechtigung war bei ihnen selbstverständlich, nicht nur zwischen Mutter und Vater. Sie legten großen Wert darauf, dass auch Anna und Viktoria Raum für ihre Meinung erhielten und sie einander auf Augenhöhe begegneten. Regelmäßig setzten sie sich als Familie im Schneidersitz auf dem durchscheinenden Teppich aus Istanbul zusammen und debattierten stundenlang, wobei hie und da auch mal die Fetzen flogen. Greta und Otto war es wichtig, dass sich die Mädchen im Argumentieren übten und sich dabei ihrer selbst und ihrer eigenen Bedürfnisse gewahr werden konnten.

Ihre Eltern überboten sich immer wieder mit ihren Verrücktheiten. Einmal schnitt sich ihre Mutter die Haare mit der Nagelschere raspelkurz.

Viktoria fragte entgeistert:»Mama, was machst du da?«

»Das ist ein Pixie-Cut!«, rief Greta fröhlich.»Wie Twiggy – schau mal!« Sie zeigte auf das Cover des *Rolling Stone*-Magazins, das ihr eine Freundin, die als Stewardess bei der Swissair arbeitete, von einem Trip aus Los Angeles mitgebracht hatte.

»Mama! Kannst du nicht ab und zu ein wenig normaler sein?« Viktoria lachte.

Auch Papa war seiner Zeit weit voraus. Er arbeitete auf dem Bau – ein wirklich harter Job. Dennoch half er nach der Arbeit im Haushalt mit, kümmerte sich um seine Töchter und hatte stets ein offenes Ohr für sie. Sonntags ging er mit ihnen ein Eis essen oder am Zürichsee spazieren und Mama ruhte sich aus. Häufig wurde er dafür von anderen Männern belächelt, doch das war ihm völlig egal. Er genoss das Familienleben auf seine Art.

Er liebte Gewitter. Insbesondere mochte er den Moment, wenn nach einem Sturm die Wolkendecke aufriss und Sonnenstrahlen hindurchdrangen. Er sagte dann immer, dass in diesem Moment die Verstorbenen Grüße an die Hinterbliebenen schickten und ihnen halfen, schwere Lasten zu tragen. Er hatte seine Eltern früh verloren. Hie und da begleiteten ihn die Mädels, wenn er Gewitter draußen erleben wollte. Sie fühlten sich ihm in diesen Augenblicken besonders nah.

Greta und Otto waren ein gutes Team, und sie liebten einander wie am ersten Tag. Wenn sie gemeinsam außer Haus waren und sich küssten, war das Viktoria und Anna manchmal ein wenig peinlich – sie gingen dann lieber ein paar Schritte hinter ihren Eltern her.

Und wenn die Eltern wieder mal ihre wilden Freunde einluden, um sich bei lauter Musik zu amüsieren, verzogen sich die Mädchen in ihre Zimmer.

Viktoria besuchte nach der obligatorischen Schule eine Haushaltschule. Das war genau ihr Ding – hier lernte sie alles fürs Leben. Damals träumte sie davon, eines Tages ein Restaurant zu eröffnen – aber nur für junge Menschen. *Über 20 J. – Eintritt verboten* würde sie in großen Buchstaben über den Eingang schreiben. Später, wenn sie dann etwas älter wäre, würde sie die Altersgrenze natürlich nach oben anpassen.

Viktoria hatte in dieser Zeit nur wenige, aber dafür sehr gute Freundinnen. Mit den meisten gleichaltrigen Mädchen konnte sie nicht viel anfangen. Sie spürte, dass ihre Art zu leben so gar nicht der Norm entsprach. In den meisten Familien war die Zukunft der Mädchen klar vorgegeben. Nach der Schule folgten Heirat und Kinder – Punkt, aus. Daran änderte die ganze Hippie-Revolution überhaupt nichts.

Viktoria lag ein solches Leben völlig fern. Vielen war sie daher ein Dorn im Auge.

Einmal hörte sie, wie hinter ihrem Rücken über sie gelästert wurde:»Die wird sich noch wundern. Wenn man sich nicht anpasst, kriegt man keinen Mann. Man darf auch nicht zu gescheit sein. Das schreckt die Männer ab. Und dann endet man als alte Jungfrau!« Sie wieherten wie Pferde vor Lachen.

Viktoria drehte sich zu ihnen um und sagte:»Ich werde nicht heiraten, das hab ich gar nicht nötig. Ich werde eure Männer verführen, die sich mit euch zu Tode langweilen.«

Das Lachen verging ihnen schlagartig. Jetzt war es Viktoria, die kicherte.

Viktoria erlebte die Achterbahn der Gefühle und Hormone. Himmelhochjauchzend und zu Tode betrübt wechselten sich ab. Mal war das Leben schwierig, dann wiederum vergnüglich. Zwischendurch kam Susi, eine Kindergartenfreundin zu Besuch. Obwohl sie nicht mehr zusammen zur Schule gingen – Susi besuchte das Gymnasium in der Stadt Zürich –, waren sie Freundinnen geblieben. Susi war die Tochter des strengen Hausarztes der Familie. Sie brachte jeweils medizinische Bücher mit, welche sie sich aus seiner Bibliothek stibitzt hatte. Besonders die Seiten mit den Abbildungen von Körpern interessierten die Mädchen. Susi und sie steckten ganze Nachmittage ihre Nase in diese Bücher. Viktoria wurde es warm, wenn sie explizite Zeichnungen sah.

Susi hingegen faszinierte mehr das Medizinische.»Eines Tages werde ich Frauenärztin«, träumte sie.

Viktoria brachte sie auf den Boden der Tatsachen zurück:
»Das wird dein Vater nie erlauben, er wird dich mit einem Arzt verheiraten. Aber selber studieren? Er ist so konservativ!«
Susi verteidigte sich vehement: »Mutter wird mich unterstützen. Seit ich klein bin, trichtert sie mir ein, ich soll etwas studieren, damit ich frei und unabhängig bleibe. Ich soll ihre Fehler nicht wiederholen.«
Viktoria entgegnete: »Ich bin gespannt, was einmal aus uns wird.« Sie lachten beide.

Manchmal gingen sie abends gemeinsam aus und trafen sich mit Kollegen. Viktoria war neugierig auf das Leben. Sie mochte es, mit Jungs zu knutschen. Nachdem Greta ihr beigebracht hatte, die fruchtbaren und unfruchtbaren Tage zu berechnen, ließ sie sich auch auf mehr ein. Mit ihrem ersten ‹richtigen› Freund schlief sie an lauschigen Plätzen in Parks und am See. Oder auch mal in einer Telefonkabine. Sie fragte sich, ob man es ihr ansehen konnte, dass sie keine Jungfrau mehr war. Dabei lächelte sie in sich hinein.

Viktoria hatte davon gehört, dass sie von manchen Gleichaltrigen als Flittchen bezeichnet wurde. Greta meinte, sie wären im Grunde genommen traurig, weil sie nicht frei wären, ihre eigenen Erfahrungen zu sammeln, da sie stets damit rechnen mussten, von ihren Eltern dafür bestraft zu werden.

Greta sagte dann: »Lass sie reden. Wichtig ist, dass du dich nicht als Flittchen fühlst!«
Und so war es auch.

Während Viktoria immer sehr offen mit ihren Eltern über ihre Gefühle und Empfindungen sprach, konnten ihre Freundinnen solche Unterhaltungen zu Hause nicht führen. Nicht nur die Väter, sondern auch ihre Mütter verschlossen sich vor ihnen. Und wenn sie ihnen doch einmal eine intime Frage stellten, gab es Schläge.

Priskas Mutter holte gar den Priester ins Haus, damit er ihr die sündigen Gedanken austrieb. Als dies nicht fruchtete, musste Priska ihre üppige Haarpracht opfern – diese sei zu verführerisch. Kurzerhand verpasste die Mutter ihr einen Kurzhaarschnitt. Sie hatte nicht damit gerechnet, dass Priskas strahlend blaue Augen dadurch noch mehr auffallen würden. In ihrem Blick lag pure Erotik. Der Unterdrückung durch die Mutter fügte Priska sich nur zum Schein. Zu Hause spielte sie das brave Mädchen, doch wenn sie ausging, ließ sie sich stets auf die Männer ein, die ihr gefielen. Sie lebte frivol und genoss es sichtlich. Priska vertraute sich Viktoria an. Sie war die Einzige, die sie verstand und die nicht urteilte. Bei Viktoria zu Hause war sie stets willkommen. Priska genoss die Wärme und das gegenseitige Wohlwollen, das es bei ihr zu Hause nicht gab. Greta mochte Priska und zeigte es ihr. Sie umarmte die junge Frau wie die eigenen Töchter. Diese Momente waren Balsam für Priskas Seele.

Doch eines Tages war Priska plötzlich verschwunden. Als sich Viktoria bei der Mutter nach ihr erkundigte, erhielt sie keine Auskunft. Man munkelte, dass Priska im Krämerladen ein Haarspray gestohlen und die Polizei sie abgeholt hatte. Die Eltern hätten sie nach dieser Schmach in eine Erziehungsanstalt gesteckt. Viktoria hoffte, dass es Priska gut ging, wo auch immer sie gerade war, und dass sie sich eines Tages wiedersehen würden. Sie vermisste sie.

Die Unbeschwertheit in Viktorias Leben wurde unerwartet beendet. Otto begann durch die Arbeit auf dem Bau immer häufiger zu husten. Dort war es sehr staubig, und Sicherheitsmasken gab es nicht. Ottos Husten wurde immer schlimmer, aber zum Arzt hätten ihn keine zehn Pferde gebracht. Erst als er Blut hustete, gab er nach. Der Hausarzt schickte ihn sofort zu einem Lungenspezialisten.

Dieser machte Röntgenbilder und bat Otto und Greta schließlich zum Gespräch.

»Herr Hasler, Sie kommen zu spät«, eröffnete er ohne Einleitung. »Sie haben einen Tumor in der Lunge.«

Otto und Greta schauten sich entsetzt an.

»Leider ist der Tumor schon so weit fortgeschritten, dass wir nichts mehr für Sie tun können«, erklärte der Spezialist.

»Aber mein Mann ist doch noch so jung und stark«, wandte Greta ein. »Sind Sie sich sicher? Gibt es gar nichts, was ihm helfen könnte?«

»Nein, ich bedaure. Ich will Ihnen keine falschen Hoffnungen machen.«

»Wie lange habe ich noch?«, fragte Otto mit trockener Stimme.

»Wenn Sie Glück haben, ein halbes Jahr. Ich werde Ihnen Medikamente mitgeben, um Ihre Schmerzen zu lindern.«

Der Arzt erhob sich und reichte beiden zur Verabschiedung die Hand. »Es tut mir leid.«

Von da an änderte sich vieles. Otto konnte nicht zurück zur Arbeit und musste fortan zu Hause bleiben. Wenigstens bekam er eine Rente ausbezahlt, dafür hatte sein Arbeitgeber gesorgt. Schnell machte die Nachricht die Runde.

Freunde kamen zu Besuch.

Auch Roger Fehr kam regelmäßig.»Weißt du, Otto«, sagte er, »es ist für mich schwierig, zu wissen, dass du bald sterben wirst. Ich hoffe, ich belaste dich mit meinem Besuch nicht.«

»Ach Roger, mir würde es doch im umgekehrten Fall genauso gehen. Ich finde es toll, dass du kommst, ich freue mich immer über deinen Besuch.« Otto schaute ihm direkt in die Augen und fügte mit einem Zwinkern hinzu:»Außerdem genieße ich unsere Männergespräche.« Sie grinsten beide. So sehr Otto Greta liebte, der Humor unter Männern war nicht gleich lustig, wenn eine Frau dabei war. Greta konnte wegen eines schlüpfrigen Witzes auf Kosten der Frauen tagelang grollen. Dem ging Otto gern aus dem Weg.

Ein weiterer regelmäßiger Gast war Susis Vater, Ottos Arzt. Herr Winter schaute bei seinen Hausbesuchen nach dem Rechten. Mit seinem edlen Köfferchen in der Hand, stets adrett gekleidet, setzte er sich zu Papa und untersuchte seine Lunge. Er arbeitete gewissenhaft, war von seiner Art her jedoch eher steif. Zwei Lebenskulturen prallten aufeinander, die unterschiedlicher nicht sein konnten: die Hippies und der angepasste Arzt. Umso mehr wunderten sie sich, als er um ein vertrauliches Gespräch bat.

»Haben Sie sich schon überlegt, was mit den Mädchen passiert, wenn Sie«, er zeigte auf Otto,»sterben?«

»Nein, warum?«, antwortete Greta verwirrt.

»Nun, die Kinder erhalten einen Vormund und werden allenfalls fremdplatziert«, ließ Winter die Bombe platzen.

»Danke für den Hinweis, Herr Doktor. Wir kümmern uns umgehend darum.« Otto war verunsichert. Tatsächlich war die Zukunft der Mädchen unklar. Greta und Otto besprachen die Angelegenheit mit Roger anlässlich seines nächsten Besuches. Schließlich kannte dieser sich mit den Gesetzen aus. Die Kinder waren in ihren Zimmern.

»Roger, was passiert mit den Mädchen, wenn ich sterbe?«, fragte Otto unverblümt.

Roger runzelte die Stirn und dachte nach: »Das Zivilgesetzbuch sieht Kindswegnahmen und fürsorgerische Fremdplatzierungen in Heimen oder privaten Haushalten vor, wenn ein Kind ‹verwahrlost› oder ‹in seinem leiblichen und geistigen Wohl gefährdet› ist. Der Mann ist das Oberhaupt der Familie. Scheidung, uneheliche Geburt oder Hinscheiden des Vaters kann ein Grund für eine Fremdplatzierung sein. Diese sogenannten administrativen Versorgungen können auf Betreiben der Behörden, ohne Gerichtsentscheid und Einspruchsmöglichkeit vorgenommen werden. Gerade hier in unserer Gemeinde kommt das öfter vor.«

»In welchem Jahrhundert leben wir eigentlich?« Greta war außer sich. »Das hört sich ja nach tiefstem Mittelalter an! Nur dass wir Frauen nicht mehr verbrannt werden!«

»Ich gebe dir recht, Greta. Die Macht der gemeindlichen Behörden ist zu groß, wenn man bedenkt, dass die meisten Gemeindepräsidenten völlige Laien sind und ihre Macht nach eigenem Gutdünken ausüben können«, erklärte Roger besorgt. »Gerade vor einem Jahr hatten wir in unserem Viertel einen Fall. Nachdem der Mann unserer Nachbarin, Frau Reding, starb, erhielten ihre drei Kinder automatisch einen Vormund. Als sich der Vormund und Frau Reding in die Haare kriegten, weil der meinte, körperliche Strafen stärken den Charakter, und Frau Reding davon nichts wissen wollte, ließ er die Kinder in ein Heim stecken. Sie konnte sich nicht wehren. Eine Tragödie. Wer weiß, wie es diesen armen Kindern heute dort geht.«

Greta wischte sich die Tränen weg. »Und wenn Viktoria und Anna dasselbe Schicksal blüht?«

»Was können wir tun?«, fragte Otto. »Roger, du weißt, dass ich nicht mehr lange zu leben habe.«

Roger hob die Schultern. »In unserer Partei kämpfen wir gegen die Missstände im Heim- und Anstaltswesen, wir wollen eine Verbesserung der Betreuungsbedingungen und Erziehungsmethoden erreichen. Aber das wird dauern. Wir haben einen langen Weg vor uns.« Er sah die beiden ernst an. »Die Kinder erhalten einen Vormund. Da könnt ihr Glück haben oder Pech. Dann kann es übel werden. Ich würde das Risiko nicht eingehen und kann euch nur raten: Zieht um. Am besten an einen Ort, wo die Behörden sich weniger in Familienangelegenheiten einmischen.«

Greta wurde hellhörig. »Wo zum Beispiel?«

»Der Kanton Genf ist ein Vorreiter der modernen Familienpolitik – dort könnte es funktionieren ... oder in der Stadt Zürich. Da sind die Mädchen wahrscheinlich volljährig, bevor die Vormundschaftsbehörde aktiv wird.« Roger hatte recherchiert.

»Genf? Da müssten wir Französisch lernen. Das ist zu kompliziert. Aber Zürich könnte klappen. Die Mädchen werden nicht erfreut darüber sein, ihre Freundinnen zurückzulassen.« Greta war nachdenklich.

»Ach, ich glaube, sie würden gerne in der Stadt wohnen«, meinte Otto lächelnd, »unsere Töchter sind richtige Teenager und stürzen sich gerne ins Getümmel. Das sollen sie auch dann tun, wenn ich nicht mehr ...«

Einen Moment lang war es still. Keiner traute sich, den Satz zu beenden.

»Ich werde mich um eine Wohnung in der Stadt kümmern.« Greta versuchte die Stille mit Zuversicht zu verdrängen. »Danke, Roger, für deine Hilfe.«

»Wir hören voneinander.« Er verabschiedete sich schnell, bevor man ihm die Trauer ansehen konnte.

Otto ging gerne spazieren, aber mit der Zeit wurde das zu anstrengend für ihn. Immer öfter lag er in seinem Bett und wurde zusehends schwächer. Greta, Viktoria und Anna verbrachten viel Zeit mit ihm. Greta kuschelte sich an ihn, die Mädchen setzten sich neben ihn, wenn er im Bett lag.

Bald war er so schwach, dass er gar nicht mehr aufstehen konnte. Greta brachte ihm starke Brühe mit Ei ans Bett und ging erst wieder, wenn er alles aufgegessen hatte.

In einem Moment, als die Töchter mit Greta allein waren, fragte Viktoria: »Mama, warum kommen wir ins Heim, wenn Papa stirbt?«

»Wie kommst du denn darauf?«, fragte Greta irritiert.

Viktoria schaute auf den Boden und sagte beschämt:»Mama, ich habe gehorcht, als Roger da war.«

»Ins Heim?«, fragte die junge Anna.

Greta setzte ein Lächeln auf.»Es kommt alles gut. Wir ziehen in die Stadt Zürich. Da passiert uns nichts. Macht euch keine Sorgen.«

»Wir ziehen in die Stadt? Großartig. Ich freue mich riesig!« Viktoria war ganz aus dem Häuschen.

»Und meine Freundinnen?«, fragte Anna besorgt.

»Die können dich jederzeit besuchen – oder du sie. Wie findest du das?« Greta wusste, dass Anna sich mit Veränderungen schwertat.

Anna überlegte kurz:»Krieg ich ein größeres Zimmer?«

»Bestimmt. Groß und hell«, antwortete Greta beschwingt. Sie wollte die Kinder nicht unnötig belasten. Wenn alles gut und schnell über die Bühne gehen würde, wäre ja alles gut. In Wahrheit war Greta besorgt, weil es schwieriger war, eine Wohnung zu finden, als sie gedacht hatte.

Viktoria schlief in dieser Nacht schlecht. Als sie aufwachte, war es stockdunkel. Der Wecker zeigte neun Uhr an. Das konnte nicht sein. Bestimmt hatte sie wieder vergessen, das Ding aufzuziehen.

Sie ging in die Küche, um etwas Wasser zu trinken. Als sie zurück ins Zimmer wollte, sah sie, dass die Tür zum Schlafzimmer ihrer Eltern nur angelehnt war und das Licht noch brannte. Vorsichtig ging sie zur Tür und lauschte.

Sie hörte Greta sagen:»Otto, du darfst noch nicht sterben. Sie werden die Kinder holen. Ich habe Angst!«

Viktoria spürte Mamas Verzweiflung.

»Wenn ich sterbe, müsst ihr das so lange wie möglich geheim halten«, flüsterte Papa.

Also hatte sie beim Besuch von Roger doch richtig gehört. Viktoria war sauer. Warum hatte Mama sie angelogen?

»Ich habe eine Idee«, sagte Otto verschwörerisch.

Die Fliese unter Viktorias Fuß knackte. Viktoria hielt vor Schreck die Luft an. Die Eltern hielten inne.

»Ich schließe die Tür, es zieht«, sagte Greta, ging zur Tür und zog diese hinter sich zu.

Viktoria drückte ein Ohr fest an die Tür. Die Eltern sprachen weiter. Ihr Flüstern war jedoch kaum zu hören, Viktoria verstand kein Wort mehr. Mist, sie hätte so gerne gewusst, was die beiden aussheckten. Viktoria konnte Greta nicht sagen, dass sie schon wieder gehorcht hatte, also behielt sie alles für sich, obschon es sie beinahe zerriss.

In den nächsten Tagen kochte Greta besonders leckeres Essen. Hatte sie vor, Vater mit dem guten Fleisch und dem Wintergemüse zu heilen?, überlegte Viktoria. So naiv konnte sie doch nicht sein. Als Greta Viktoria in den Keller schickte, um gefrorene Bohnen zu holen, sah sie, dass der Inhalt der Tiefkühltruhe merklich geschrumpft war, doch sie dachte sich nichts weiter dabei.

Viktoria feierte ihren achtzehnten Geburtstag und schloss die Schule ab. Sie begann in einem kleinen Krämerladen um die Ecke zu arbeiten und verdiente ihr erstes Geld. Da Viktoria mit ihren achtzehn Jahren noch minderjährig und Otto schwer krank war, hatte die Mutter anstelle des Vaters den Arbeitsvertrag unterschrieben. Ausnahmsweise akzeptierte der Chef dieses ungewöhnliche Vorgehen.

Otto ging es täglich schlechter. Immer öfter hatte er Atemnot und war so erschöpft, dass er fast den ganzen Tag schlief. Zusehends verließen ihn die Kräfte.

Otto nutzte die verbleibende Zeit, um liebevolle Worte an seine Liebsten zu richten. Dabei war Viktoria schwer ums Herz. Sie setzte sich zu ihm und nahm seine Hand.

»Papa, ist das nicht zu anstrengend für dich? Das Reden, meine ich.«

»Doch ... aber es ist mir ... wichtig ... dir etwas fürs ... Leben mitzugeben«, sprach er langsam und machte dazwischen immer wieder Pausen. Er atmete ein paar Mal tief durch.

»Liebe die Menschen, für die sich dein Herz öffnet ... egal was andere davon halten ... Ich sehe, dass du heiraten und zwei wunderbare Kinder haben wirst ... Für diese ... wirst du kämpfen müssen ... Aber es lohnt sich ... du kannst es ... Du bist stark ...«

Otto machte eine längere Pause. Dann fuhr er fort: »Ich bin überzeugt, du wirst die richtigen ... Entscheidungen treffen ... Viktoria, du wirst ... Großes bewirken ... Du trägst es bereits in dir ... Finde es und lebe es.«

Erschöpft legte Otto den Kopf aufs Kissen zurück und schloss die Augen. Er musste sich ausruhen. Viktoria blieb einen Moment sitzen. Sie hatte Tränen in den Augen. Ihr Brustkorb war eng. Sie hatte Angst. Sie wollte nicht, dass er stirbt. Jetzt liefen ihr die Tränen übers Gesicht. »Papa, ich werde dich unendlich vermissen.« Sie beugte sich zu ihm und legte ihren Kopf sachte auf seine Schulter.

Er streichelte ihr über den Kopf.

Dann schlief er ein.

Sie ging, und Greta setzte sich zu ihm ans Bett.

Es war seine letzte Nacht.

Am nächsten Morgen schlief Otto für immer ein.

Greta musste jetzt handeln. Als die Mädchen am nächsten Tag aufstanden, ließ Greta sie nicht in sein Zimmer. Sie bat die beiden in die Küche. »Papa ist weg.«

Anna erschrak. »Wo ist er?«

Greta antwortete ruhig: »Papa kam auf eine Liste für neue Therapiearten. Gestern Nacht haben wir endlich den Anruf erhalten, dass ein Platz frei geworden ist. Papa wurde sofort mit dem Krankenwagen abgeholt. Und da wird er nun behandelt.«

Viktoria war verärgert. »Warum hast du mich nicht geweckt? Ich hätte mich gern verabschiedet.«

Greta tröstete die beiden: »Es tut mir leid. Aber es ging alles so schnell und ihr habt so tief geschlafen.«

Anna fragte aufgeregt: »Wann können wir ihn besuchen?«

Greta seufzte. »Leider darf er keinen Besuch empfangen. Die Klinik ist von der Außenwelt abgeschnitten, damit keine Krankheitserreger eingeschleppt werden. Nicht einmal ich darf ihn besuchen.« Greta weinte und fuhr fort: »Ich vermisse ihn jetzt schon.« Die Mädchen legten ihre Hände in die ihrer Mutter.

Anna meinte betrübt: »Nicht weinen, Mama.«

Greta fing sich etwas.»Wir müssen jetzt zusammenhalten, Kinder. Und am besten ist es, wenn wir keinem von der Klinik erzählen.«

Viktoria war erstaunt.»Warum nicht?«

Greta kam ins Stocken.»Es handelt sich um ein geheimes Projekt. Wir sagen, dass keiner mehr bei uns vorbeikommen darf. Otto wäre so schwach, dass wir ihn vor ansteckenden Krankheiten schützen müssen.«

Die Mädchen willigten schließlich ein.

Am Montag war Arztvisite. Ein Schrecken durchfuhr Greta, als es an der Tür klingelte. Daran hatte sie nicht gedacht. Sie sagte geistesgegenwärtig:»Herr Winter, wir danken Ihnen für alles, was sie für uns getan haben. Otto ist sehr schwach und möchte niemanden außer uns mehr sehen. Die Schmerzmittel reichen noch für eine ganze Weile.«

Herr Winter stutzte kurz.»Dann wünsche ich Ihnen alles Gute. Melden Sie sich, wenn Sie etwas brauchen.«

Sie schloss die Tür und musste sich erstmal hinsetzen.

Es war komisch, dass Papa nicht mehr da war, fand Viktoria. Sie gewöhnte sich nur schwer daran. Sie vermisste ihn und hoffte, dass alles gut würde. Sie erinnerte sich, wie geschwächt er gewesen war. Viktoria machte sich ebenfalls Sorgen um ihre Mutter. Sie war sehr bedrückt und vergaß manchmal sogar das eine oder andere einzukaufen. So bekamen sie an einem Morgen zum Frühstück Kaffee, weil keine Milch mehr im Haus war. Anna und Viktoria halfen ihrer Mutter, damit es ihr bald besser ging.

Viktoria sagte an einem Sonntag strahlend:»Mama, soll ich Himbeeren aus der Tiefkühltruhe holen? Die hast du doch so gern. Wir könnten sie zur Nachspeise mit einer Kugel Vanilleeis essen.«

Greta erschrak.»Auf keinen Fall«, sagte sie heftiger als beabsichtigt. Schnell fügte sie hinzu:»Das ist eine feine Idee. Ich werde die Beeren holen. Mädchen, ich muss euch etwas sagen: Im Keller gibt es eine Ratte. Ich habe eine Falle gestellt. Solange ich diese Ratte nicht fange, möchte ich nicht, dass ihr in den Keller geht. Habt ihr das verstanden?« Sie schaute die beiden eindringlich an.

Viktoria fragte verwirrt:»Warum?«

Greta antwortete schnell:»Die verbreiten üble Krankheiten. Das kann gefährlich werden.«

Als Greta nach unten ging, sagte Anna zu Viktoria:»Mama ist so komisch.«

»Ja, ich weiß«, pflichtete Viktoria ihr bei.»Ich glaube, Papa fehlt ihr.« Das musste es wohl sein.

Greta traf sich ab und an mit Freunden in der Stadt, auch mit Roger. Sie erzählte, dass Otto sehr geschwächt sei. Sie wolle nicht riskieren, dass ihn jemand mit einer Grippe oder einer anderen Krankheit anstecke. Das würde er kaum überleben. Dafür hatten alle Verständnis.

Um die Mädchen aufzumuntern, kaufte Greta ihnen Mofas, damit sie mobil waren und hie und da einen Abstecher in die Stadt machen konnten. Alle jungen Leute fuhren mit diesen Zweirädern. Viktoria und Anna genossen diese neue Freiheit.

Und dann war es endlich so weit. In einem neueren Wohn-block in Höngg war eine Viereinhalb-Zimmer-Wohnung frei geworden. Roger kannte den Vermieter und legte für Greta ein gutes Wort ein. Sie erhielten den Zuschlag.

Freudig bereiteten sie alles für den Umzug vor. Die Mädchen hatten ihre Sachen schnell gepackt. Sie durften ein letztes Mal bei Freundinnen übernachten, damit Greta die Küchenausstattung und weiteren Kleinkram bereitstellen konnte. Ein langes Wochenende stand bevor, weil am Donnerstag ein Feiertag war. Sie freuten sich tierisch.

Greta kümmerte sich um Otto. Am Samstag lag er genau so im Bett, wie er ein paar Monate zuvor verstorben war. Sie rief Dr. Winter an und überbrachte ihm die Todesnachricht. Er kam sofort. Sie ließ ihn hinein und führte ihn zu Otto. Herr Winter schaute ihn an.

Dann zog er die Augenbrauen hoch. »Hmm ...«

Greta hielt den Atem an.

Herr Winter schaute Greta in die Augen: »Sie ziehen um?«

Greta hielt seinem Blick nicht stand und schaute zu Boden.

»Ja, ich ziehe mit den Mädchen in die Stadt.«

»Das ist eine gute Entscheidung«, sagte er mild.

Er nahm ein Formular aus seiner Tasche. Dieses füllte er aus, unterschrieb mit seinem Namen und drückte einen Stempel darauf.

Dr. Winter übergab Greta den Totenschein und gab ihr zum Abschied die Hand: »Alles Gute, Frau Hasler.«

Das Versteckspiel war vorbei. Greta war jetzt offiziell Witwe.

Als die Mädchen am Sonntag heimkamen, erzählte Greta, dass

ihr Vater verstorben sei. Gemeinsam fuhren sie zum Friedhof, Otto war aufgebahrt worden. Dort konnten sie sich von ihm verabschieden. Sie weinten herzzerreißend. Ihr liebster Papa, der geliebte Ehemann war nicht mehr.

Drei Tage später wurde Otto beerdigt. Viele Freunde erwiesen ihm die letzte Ehre.

Es blieb eine Zeit lang schwer, doch dann wurde das Leben leichter.

Viktoria war unterdessen volljährig geworden und gab ihre Arbeit im Krämerladen auf. Mit ihren zwanzig Jahren wollte sie sich eine interessante Stelle in der Stadt suchen.

Schnell wurde sie fündig. Junge und tüchtige Frauen waren begehrt. Nicht zuletzt deswegen, weil sie bereit waren, auch bei geringerer Bezahlung gute und harte Arbeit zu leisten.

Sie fand eine Anstellung als Hausmädchen in einem herrschaftlichen Haus. Eine schöne, große Villa mitten in der Stadt. Die Bezahlung war gut, zusätzlich hatte sie Kost und Logis und für die Abendeinsätze ein kleines Zimmer im hinteren Teil des Gebäudes.

Das Haus hatte ein Gartenhaus und eine große Garage. Darin standen zwei Autos: ein alter, knallroter VW Käfer und ein orangefarbener Volvo. Auf dem Käfer lag eine dicke Staubschicht. Das Auto wurde wohl nicht oft gefahren.

Im Haus gab es nicht nur ein Telefon, sie hatten auch einen Farbfernseher und eine tolle Stereoanlage. Die Nadel bewegte sich selbständig auf die Schallplatte, und ein Kassettendeck war ebenfalls integriert. So etwas Modernes hatte Viktoria noch nie gesehen. Als Musikliebhaberin wollte sie sich eines Tages auch so eine Anlage kaufen. Darauf würde sie sparen.

Die Dame des Hauses, Madame Bella Meier-Sprüngli, war etwas älter als Viktoria. Sie war eine schmale, bleiche Frau mit ernstem, fast unfreundlich wirkendem Gesicht. Schade, dachte Viktoria, dabei hatte die Frau einen so schönen Namen. Dafür war der Herr des Hauses, Monsieur Konrad Meier, umso strahlender. Ein attraktiver, eleganter Gentleman. Sie fand ihn unheimlich anziehend. Genau so stellte sie sich einen richtigen Mann vor, obwohl ihr klar war, dass er für sie unerreichbar war. Er lebte in einer anderen Welt. Das hielt sie nicht davon ab, nachts von ihm zu träumen.

Die Familie war stadtbekannt. Auch die Hausangestellten kannten ihre Geschichte. Der Hausmeister und Koch Edgar war wie ein offenes Buch. Sie konnte ihn alles fragen.

»Warum nennen wir ihn Monsieur und sie Madame?«, sagte Viktoria verwundert,»wir sind doch hier in Zürich, keiner wird so angesprochen.«

»Monsieur Konrad ist ein großer Liebhaber der französischen Kultur«, erklärte Edgar.»Als er das Oberhaupt der Familie wurde, hat er es so bestimmt. Wir alle finden das merkwürdig. Aber was soll's.«

»Er ist das Oberhaupt der Familie, obwohl er noch so jung ist?« Bella war irritiert.

»Madame Bellas Vater Andreas Sprüngli ist sehr wohlhabend gewesen. Er hat wertvolle Immobilien besessen. Seit seinem Tod kümmert sich Treuhänder Gisler um die Verwaltung. Monsieur Konrad hat seither das Sagen und die Einnahmen fließen direkt auf sein Konto.«

»Warum denn das?«, fragte Viktoria nach.

»Das ist rechtlich so, da kann man nichts machen. Madame Bella hat von Geld eh keine Ahnung. Frauen sollten sich auch nicht darum kümmern müssen«, war Edgars Antwort.

Viktoria fand diese Haltung komplett daneben. Wie konnte Edgar etwas so Respektloses sagen? Andererseits – dachten nicht die meisten Menschen in ihrer Umgebung so? Ihre Freunde waren mit ihrer emanzipierten Denkweise eher die Ausnahme.

Viktoria mochte ihre abwechslungsreiche Arbeit. Sie liebte es, in der Küche mitzuhelfen. Edgar zeigte Viktoria Rezepte, die sie für Greta und Anna nachkochte. Viel Zeit verbrachte sie in der Wäscherei wie auch im Garten und nach einer gewissen Zeit durfte sie sogar den Herrschaften das Essen servieren. Sie machte die Betten und stellte mit Erstaunen fest, dass Monsieur und Madame getrennte Schlafzimmer hatten.

»Warum schlafen die beiden nicht in einem Bett?«, fragte sie Edgar.

»Ich weiß es nicht. Nach der Hochzeit teilten sie sich ein Zimmer. Aber als Herr Sprüngli starb, ließ Monsieur Konrad sein eigenes Zimmer einrichten und benutzte fortan dieses.« Edgar wechselte schnell das Thema.

Viktoria verstand sich mit ihren Kollegen gut – außer mit ihrer Chefin Charlotte. Die beiden wurden nicht so recht warm miteinander. Charlotte war etwa gleich alt wie Greta. Ihr äußeres Erscheinungsbild war pfiffig. Sie trug einen Pferdeschwanz und war dezent geschminkt. Ihr Blick war klar und freundlich.

Edgar erzählte Viktoria, dass Charlotte schon im Haus beschäftigt gewesen war, als Madame Bella noch ein kleines Mädchen war. Obwohl sie angestellt war, entwickelte sich eine Freundschaft zwischen ihr und Bellas Mutter. Nachdem diese viel zu früh verstorben war, wurde Charlotte so etwas wie Bellas Ziehmutter. Charlotte war die Einzige, die zu den Herrschaften nicht Monsieur und Madame sagen musste.

»Ich verstehe, dass sie nicht Madame sagen muss, weil sie Bella schon so lange kennt. Aber wie kommt es, dass sie Konrad nicht mit Monsieur anreden muss?« Viktoria konnte das nicht nachvollziehen.

»Bellas Vater hat die beiden miteinander bekannt gemacht und darauf bestanden, dass sie sich duzen. Konrad war sehr herzlich zu ihr. Aber sie mochte ihn von Anfang an nicht. Die beiden sind wie Katz und Maus. Sie sind sehr höflich zueinander, aber manchmal habe ich das Gefühl, sie würde ihm am liebsten den Kopf abreißen.« Edgar lachte.

»Das verstehe ich nicht. Ich finde Konrad bezaubernd und charmant.« Viktoria wunderte sich über Charlotte.

»Na ja, er kann auch anders«, fügte Edgar hinzu.

»Wie denn?«, fragte Viktoria nach.

»Du wirst schon sehen«, sagte Edgar abschließend.

Monsieur Konrad flirtete mit Viktoria. Sie war sich jedoch nicht sicher, ob er einfach überaus freundlich war und sie sich etwas vormachte. Es konnte doch nicht sein, dass er mehr in ihr sah als eine Bedienstete. Sie hatte Gewissheit, als sie bemerkte, dass Charlotte jeweils einen finsteren Blick bekam und Viktoria schroff Anweisungen gab. Wenn sie das tat, mischte sich Monsieur Konrad ein und übertrug Viktoria stattdessen angenehmere Aufgaben. So konnte sie etwa Botengänge für ihn erledigen, die sie mit einem schönen Spaziergang verband. Oder sie durfte Blumen für die Arrangements aussuchen, wenn Gäste eingeladen waren. Monsieur Konrad geizte auch vor seinen Freunden nicht mit Komplimenten für Viktoria und betonte, wie tüchtig sie sei. In solchen Momenten schaute Madame Bella stumm zu Boden. Viktoria waren seine Charmeoffensiven peinlich. Gleichzeitig fühlte sie sich geschmeichelt, von einem solchen Mann umschwärmt zu werden. Sie war verliebt.

Eines Tages wischte Viktoria Staub im Raucherzimmer. Monsieur Konrad zog gerade genüsslich an einer Zigarre. Ungeschickt stieß sie eine Vase um. Er fing sie in letzter Sekunde auf. Dabei kamen sie sich gefährlich nah. Sie roch sein herbes Aftershave. Er hielt sie am Hals fest und drückte sein Gesicht in ihr Haar.

»Du duftest wunderbar, Viktoria«, flüsterte er ihr ins Ohr.

Sie errötete und wollte sich entschuldigen.

»Scht...«, ließ er sie lächelnd verstummen. Er schaute ihr mit unwiderstehlichem Blick in die Augen und flüsterte ihr zu: »Heute Abend erwarte ich dich um zehn in meinem Zimmer.«

Seit sie begonnen hatte, in der Villa zu arbeiten, war dies ihr größter Traum gewesen. Wie oft hatte sie sich vorgestellt, wie sie ihre Körper aneinanderreiben und wild übereinander herfallen würden. Endlich war es so weit. Kurz dachte sie an Madame Bella – kam jedoch zu dem Schluss, dass sie kein schlechtes Gewissen zu haben brauchte. Wenn eine Frau ständig unzufrieden schaute, als ob man ihr das Frühstück weggegessen hätte, war sie selbst schuld, wenn der Mann fremdging. Damit warf Viktoria alle Bedenken über Bord.

Sie verbrachte den späten Abend bei Konrad und gab sich ihm hin. Noch in der Nacht schickte er sie in ihr Zimmer, weil er seinen Schlaf brauchte. Also huschte sie auf Zehenspitzen zurück und war glücklich.

Von dem Tag an war sie Monsieur Konrads Geliebte. Sie genoss seine Aufmerksamkeit. Er vertraute ihr Persönliches an und erzählte, wie unglücklich er in der Beziehung mit Bella war. Aber mit ihr sei alles anders. Viktoria hatte Verständnis für ihn.

Sie stellte sich ein glückliches Leben an seiner Seite vor. Ohne Bella. Als Dame des Hauses hätte sie dann das Sagen. Als Erstes würde sie Charlotte kündigen, dachte sie genüsslich.

Obwohl inzwischen alle Kollegen von Viktorias Affäre wussten, traute sich nur Edgar, sie darauf anzusprechen. Viktoria gab das Verhältnis offen zu und schwärmte von Konrad.

»Pass auf dich auf«, war das Einzige, was Edgar dazu sagte. Diese Warnung schlug sie in den Wind. Sie war verliebt. Was wussten die anderen schon von Liebe?

Viktoria besuchte ihre Mutter und Anna an den freien Wochenenden. Greta entging Viktorias Wandlung nicht.

»Na, Mädchen, bist du verliebt?«, fragte sie direkt.

»Ja, Mama. In einen richtigen Mann!«, schwärmte Viktoria, die Augen zum Himmel gerichtet.

»Und, wer ist es?«, wollte Greta gespannt wissen.

»Konrad!«, verriet Viktoria voller Begeisterung.

»Der Hausherr? Ist der nicht verheiratet?«

»Na und? Warum sollte das ein Problem sein?« Viktoria wunderte sich über Gretas biedere Reaktion. Sie war doch sonst immer so offen.

»Mama, was hast du denn? Ich dachte, du pfeifst auf Konventionen. Glaub mir, seine Ehe ist längst ein Scherbenhaufen. Seine Frau ist so mürrisch. Sie macht ihm mit ihren Launen das Leben schwer. Er überlegt sich schon lange, sie zu verlassen. Und dann wird er mich heiraten.«

»Viktoria, stell dir vor, du wärst an ihrer Stelle. Wie würdest du dich fühlen?«

Viktoria dachte nach. Natürlich würde sie nicht wollen, dass ihr Ehemann sie betrügt – aber sie führte sich schließlich auch nicht so auf wie Madame Bella.

Greta fuhr fort: »Weißt du, es gibt immer zwei Seiten. Auch du wirst das noch lernen und daran wachsen.«

Damit war das Gespräch beendet.

Viktoria fühlte sich unverstanden. Mama wird älter, dachte sie bei sich. Sie versteht uns Junge nicht mehr. Sie schlug Mutters Rat in den Wind und genoss ihre Liebelei.

Eines Tages beobachtete sie, wie Konrad im Garten einer Katze begegnete. Sie schmiegte sich an seine Beine. Er bückte sich und streichelte den kleinen Tiger zärtlich. In solchen Momenten platzte ihr Herz fast vor Glück. Das ist mein Mann, dachte sie, und konnte die Schmetterlinge in ihrem Bauch spüren. Es gab jedoch auch Tage, an denen Konrad wie durch sie hindurchschaute, sie nicht richtig wahrnahm. Das tat weh. Dann wiederum war alles plötzlich wieder wie zuvor, er schenkte ihr seine Aufmerksamkeit und sie genoss es. Da war für sie klar, dass das Leben ihn beanspruchte und er deswegen nicht immer gut drauf war. Sie verzieh ihm.

Der Sommer begann mild. Doch schon bald wurde es in der Stadt heiß. Die Menschen flanierten durch die Gassen, die Terrassen waren voll und vor den Eisbuden bildeten sich lange Schlangen.

Monsieur und Madame hatten einen Landsitz in den Bergen, auf den sie sich in der heißesten Sommerzeit zurückzogen. Als der Hochsommer kam, gab Konrad der Belegschaft frei und entschied, gemeinsam mit Viktoria, Bella und Charlotte in die Berge zu fahren.

Viktoria freute sich auf die Reise – dass Bella auch mitkam, störte sie dabei recht wenig. Sicher würde sie mit Konrad etwas Privatsphäre haben, wenn Madame unpässlich war und sich Charlotte mal wieder beleidigt zurückzog.

So fuhren sie mit dem großen Volvo los. Der Kofferraum war bis oben hin bepackt. Die Fahrt dauerte drei volle Stunden. Nur ein kleiner Teil davon führte über die Autobahn, den Rest fuhren sie über mitunter holprige Straßen. Viktoria war noch nie so weit mit dem Auto verreist und freute sich, als sie endlich ankamen.

Der Landsitz lag abgelegen am Waldrand, etwa eine halbe Stunde außerhalb eines mondänen Ferienortes. Neben dem Haus rauschte ein Bergbach ins Tal. Hier holten sie frisches Trinkwasser. Es schmeckte himmlisch. Viel besser als Leitungswasser. Außer einem Telefon war in dem Haus alles vorhanden, was man zum Leben brauchte. Sogar dieselbe Stereoanlage wie in der Stadtvilla war im Kaminzimmer installiert. Viktoria freute sich. Die Liebe zur Musik hatte sie von ihren Eltern geerbt.

Der Gärtner, der sich um das Anwesen kümmerte und der auch für die Einkäufe zuständig war, hatte die Stühle und Liegen bereits auf die Veranda gestellt. Der Garten war gepflegt und die Rosen blühten in allen Farben. Sie dufteten herrlich. Viktoria sog die gesunde Bergluft mit den betörenden Aromen auf.

Charlotte und Viktoria bezogen die kleineren Zimmer neben der Küche und teilten sich gemeinsam ein Bad. Konrad und Bella wohnten im oberen Stock mit einer herrlichen Aussicht auf das Tal. Auch hier hatten sie separate Zimmer. Das kam Viktoria entgegen. Sie plante nämlich eine Überraschung für Konrad. Sie wollte ihm die schönsten Ferien seines Lebens bescheren.

Von einem großen Teil ihres Lohnes hatte sie sich ein paar Tage zuvor ein teures Negligé gekauft. Sie plante, Konrad mit allen Sinnen zu betören. Im Laden war sie rot wie eine Tomate angelaufen. Flüsternd hatte sie der Verkäuferin hinter vorgehaltener Hand beschrieben, was sie suchte. Viktoria war selbstbewusster als viele andere junge Frauen. Trotzdem gab es Situationen, in denen sie gehemmt war. Das nervte sie. Wie ein schüchternes Mädchen vom Lande kam sie sich dann vor. Die Verkäuferin verhielt sich professionell. Anscheinend war Viktoria nicht die erste beschämte Kundin, die ihr begegnet war. Liebevoll packte sie das Dessous in Seidenpapier und übergab es Viktoria, die auf direktem Weg nach Hause lief und das Ding in der Schublade unter den Socken versteckte, damit es keiner finden konnte.

Im Landhaus packte sie diesen Hauch von Nichts aus, legte ihn für die Nacht auf das Bett und ging ins Wohnzimmer. Die Gedanken an die folgende Nacht beflügelten sie. Sie lächelte.

Zusammen mit Charlotte servierte sie das leichte Abendessen. Gedünstetes Gemüse und grilliertes Kalbfleisch. Konrad hatte im Kamin ein Feuer entfacht.

Viktoria strahlte in ihrer Vorfreude. Auf dem Sofa wirst du mich nehmen, dann nochmals auf dem Esstisch und zum Schluss gehe ich am Kamin vor dir auf die Knie! Viktorias Fantasie war wild. Natürlich wusste sie, dass sie sich aufs Schlafzimmer beschränken und leise sein mussten.

Verstohlen blickte sie zu Konrad hinüber – doch er beachtete sie nicht, wirkte abwesend. Viktoria runzelte die Stirn.

Als das Essen vorbei war und Bella sich vom Tisch entfernte, flüsterte Viktoria Konrad zu: »Darf ich dich heute überraschen?«

»Kann sein. Ich weiß es noch nicht. Falls ja, werde ich an deiner Tür klopfen.« Etwas schien Konrad zu beschäftigen.

Viktoria dachte sich, dass er bestimmt wissen wollte, was die Überraschung war. Deshalb ging sie auf ihr Zimmer und bereitete sich für die Nacht vor. Nach einer heißen Dusche sah sie sich nackt im Spiegel an. Sie strich zart über ihre feuchte Haut. Ihr lief ein Schauer über den Rücken. Sie war erregt.

Sie zog das Negligé an. Der feine Stoff liebkoste ihre Haut, ihre Brustwarzen wurden hart. Mit fantasievollen Bildern im Kopf legte sich auf ihr Bett und wartete auf ihn. Zehn Minuten gingen vorbei, zwanzig Minuten, eine halbe Stunde ... eine Stunde. Keiner klopfte. Viktoria fühlte sich mies. Normalerweise war sie selbstbewusst. Aber in diesem Moment zweifelte sie an sich. War sie schön genug? Gab sie sich Konrad gegenüber genug Mühe? Sie war nicht wohlhabend. War sie es trotzdem wert, von ihm geliebt zu werden?

Plötzlich hörte sie Schreie von oben. Eilig zog sie sich ein züchtiges Nachthemd und den Morgenmantel über und rannte die Treppe hoch.

Charlotte war schon da. »Geh sofort zurück auf dein Zimmer!«

Da kam Konrad aus Bellas Schlafzimmer. »Kümmere dich um sie«, zischte er Charlotte zu. Er schien verärgert.

Charlotte schob Viktoria in Richtung Treppe. »Geh!«

»Nein!« Viktoria blieb stehen. Sie wollte wissen, was los war.

Charlotte beachtete sie nicht weiter und ging in Bellas Zimmer. Viktoria folgte ihr.

Da war Madame Bella. Nackt. Kniend auf einen Stuhl gefesselt. Eine offene Wunde klaffte auf ihrem Rücken. War das der Peitschenhieb eines Gurtes? Rundherum blaue Flecken. Überall. Madame Bella zitterte am ganzen Körper und weinte leise.

»Hol frisches Wasser, Viktoria«, befahl Charlotte. »Tücher und die Wundsalbe!«

Die Situation schien sie nicht groß zu überraschen, und sie wusste offenbar genau, was zu tun war.

»Wo?«, fragte Viktoria mit zittriger Stimme.

»Im Bad gegenüber«, sagte Charlotte hastig.

Viktoria eilte in das Bad. Aufgewühlt suchte sie alles Benötigte zusammen.

Als sie zurückkam, hatte Charlotte Bella von den Fesseln befreit und auf das Bett gelegt. Nun tupfte sie sachte die Wunden ab, reinigte diese und trug Balsam auf. Madame Bella zitterte noch immer, doch sie hatte aufgehört zu weinen. Ihr Blick war leer.

Viktoria begann es zu dämmern. Hatte Konrad sie etwa so zugerichtet? Sie wollte es nicht wahrhaben. Hatte er tatsächlich zwei Gesichter? Konnte das sein? Ihr Monsieur Konrad?

Charlotte hatte Madame Bella in die Decke eingewickelt und hielt sie fest. Wie ein Kleinkind. Bella schlief in ihren Armen ein. Für Viktoria gab es nichts mehr zu tun. Sie ging zurück in ihr Zimmer und zog sich aus. Das Negligé verstaute sie in ihrem Koffer. Es würde so schnell nicht zum Einsatz kommen. Schlaf fand sie keinen. Sie wälzte sich von der einen Seite auf die andere.

War wirklich das geschehen, wonach es aussah? Konnte das wahr sein?

Am nächsten Morgen hörte sie aus dem Speisesaal laute Stimmen. Monsieur Konrad und Charlotte stritten sich. Viktoria traute sich nicht, hineinzugehen, und lauschte an der Tür.

»Konrad, jetzt ist genug«, sagte Charlotte. »Ich gehe zur Polizei!«

Viktoria war überrascht. So hatte sie Charlotte noch nie mit Konrad reden gehört.

»Dann entlasse ich dich und du verarmst«, schrie Konrad. »Und ich werde dafür sorgen, dass du Bella nie wiedersiehst!«

»Konrad, bitte fahr in die Stadt, dann kannst du dich abreagieren und Bella sich erholen«, schlug Charlotte vor. »Ich bleibe hier.«

»Und dann gehst du trotzdem zur Polizei? Kommt nicht in Frage. Ich fahre in die Stadt und du kommst mit. Schließlich muss jemand für mich kochen. Das ist mein letztes Wort – und jetzt geh packen!«

Charlotte stürmte aus dem Raum und stutzte, als sie Viktoria sah. Dann ging sie an ihr vorbei.

Konrad bemerkte Viktoria auch und bat sie herein. »Weißt du«, sagte er sanft. »Charlotte verdreht alles und wird für mich ... für uns ... zu einem Problem.« Er zog sie an sich und küsste sie.

Viktoria erstarrte. Doch sie ließ es geschehen. Sie wusste nicht, wie ihr geschah.

»Was soll ich tun?«, stammelte sie völlig überfordert von der Situation.

»Ich werde ein paar Tage in die Stadt fahren und nehme Charlotte mit. Kannst du auf Bella aufpassen?«, fragte er charmant.

Viktoria war das suspekt und sie war ganz durcheinander.

Konrad bemerkte es. »Sei nicht eifersüchtig auf Bella. Du weißt, ich liebe nur dich.«

Viktoria nickte und lächelte, und er war zufrieden. Doch das Lächeln war gequält.

Eine Stunde später war alles gepackt.

Charlotte und Konrad reisten ab.

Es wurde still im Haus.

Viktoria wusste nicht so recht, wie sie mit Bella umgehen sollte. Sie behandelte ihre Wunden, so wie sie es bei Charlotte gesehen hatte, und Bella ließ es geschehen. Sie redeten nicht. Viktoria bereitete leichtes Essen vor.

Bella rührte nichts an.

Am dritten Tag sagte Viktoria besorgt, Bella sollte unbedingt einen Happen zu sich zu nehmen.

Nichts.

Viktoria verspürte den Wunsch, Bella etwas Gutes zu tun. Sie nahm wohlriechendes Rosenöl, das sie im Bad gefunden hatte, und massierte behutsam Bellas Schultern.

»Oh, ist das schön!« Bella genoss es sichtlich. Das waren die ersten Worte, die sie zu Viktoria sagte. Ihre zarte, warme Stimme berührte sie.

Die Spannung der letzten Tage fiel von Viktoria ab. Ihr liefen die Tränen über die Wangen. »Madame Bella. Es tut mir alles so leid«, schluchzte sie.

Bella schaute sie an. »Schschsch... alles gut. Mach dir keine Vorwürfe. Du konntest es nicht wissen.«

Viktoria massierte sie weiter.

Bella schlief ein. Viktoria betrachtete sie lange. Bella sah aus wie ein Engel. Wunderschön. Schließlich deckte Viktoria Bella zu und zog sich zurück. In der Küche brühte sie sich einen starken Kaffee. Den brauchte sie jetzt. Wieder kreisten ihre Gedanken. Was, wenn sie die gesamte Situation falsch eingeschätzt hatte? Was, wenn sie Konrad Unrecht tat? Oder schaute Bella so traurig, weil es ihr mit Konrad schlecht ging? Weil er sie mies behandelte? Weil er sie schlug?

Der Vorfall hatte Viktoria geschockt. Nie hätte sie sich vorstellen können, dass es solch rohe Gewalt zwischen einem Paar geben könnte. Ihre Eltern waren selbst in den schwierigsten Situationen immer respektvoll miteinander umgegangen. Niemals hätten sie sich ein Haar gekrümmt.

Viktoria war so in ihre Gedanken versunken, dass sie Bellas Schritte gar nicht gehört hatte.

»Machst du mir bitte auch einen Kaffee? Einen richtig starken.«

»Ja, natürlich, Madame.« Viktoria sprang erschrocken auf. Bella trug ein zartes weißes Kleid und hatte ihre Sonnenbrille samt Hut dabei. Sie lachte. »Entschuldige bitte, ich wollte dich nicht erschrecken.«

»Kommst du mit mir nach draußen?« Bella nahm ihre Tasse mit. Sie wirkte wie ausgewechselt, Viktoria folgte ihr. Sie setzten sich auf die Terrasse und genossen die Stille. Viktoria fühlte sich etwas unwohl. Verhielt sie sich angemessen? Müsste sie nicht wieder rein und etwas putzen, lüften, Wäsche waschen?

»Wollen wir uns in die Sonne legen? Etwas Farbe würde dir gut stehen.« Bella zeigte auf die Liegestühle.

»Gerne, ich mache alles bereit.« Viktoria legte ein Kissen auf einen Liegestuhl.

»Ich möchte, dass du dir auch Kissen nimmst und es dir neben mir bequem machst.«

Viktoria tat, wie ihr geheißen. So legten sich beide hin und genossen die wärmenden Sonnenstrahlen.

»Ach, diese Ruhe«, seufzte Bella entspannt. »Ist das nicht wunderbar?«

»Madame Bella, ich möchte Ihnen etwas sagen.« Viktoria konnte nicht anders. Das schlechte Gewissen plagte sie. »Ich habe Sie hintergangen.« Jetzt war es raus.

»Ich weiß«, erwiderte Bella. »Du wirst es nicht glauben, aber ich war froh, als du zu uns gekommen bist.«

Viktoria blieb der Mund offen stehen. Sie stammelte: »Wirklich? Sie haben das gewusst? Ich weiß, es war nicht richtig von mir, Ihnen das anzutun. Dafür möchte ich mich von Herzen entschuldigen.«

»Vielleicht war es für dich nicht richtig. Aber seit du bei uns bist, hat mich Konrad nicht mehr geschlagen. Endlich hat er mich in Ruhe gelassen. Ich dachte, das könnte die beste Lösung für uns alle sein, wenn er auch mit dir zusammen ist.« Hatte Bella das wirklich geglaubt? Wie groß musste ihre Not gewesen sein, wenn sie sich auf so ein Leben eingelassen hätte.

Bella sah sie an. »Es gibt noch einen anderen Grund, weshalb ich dich bei mir haben möchte, Viktoria. Weißt du, als ich dich zum ersten Mal sah, habe ich mich sofort in dich verliebt.«

Jetzt verschlug es Viktoria die Sprache. »Was? In mich verliebt? Aber ich bin doch eine Frau!«

Bella nahm ihre Sonnenbrille ab und schaute ihr in die Augen. »Frauen können auch Frauen lieben.«

»Ja, aber ...« Viktoria war komplett irritiert. Sie überlegte. »Mir gefallen viele Frauen, wenn ich sie anschaue. Aber Liebe und Erotik ... mit einer Frau? Das kann ich mir beim besten Willen nicht vorstellen.« Das Gespräch war ihr unangenehm. Am liebsten hätte sie sich in ein Mauseloch verkrochen.

»Möchtest du ... wärst du neugierig ... ich meine ... möchtest du es ausprobieren?« Bella stotterte. »Ach was. Vergiss, was ich gerade gesagt habe.« Mit einer schnellen Bewegung setzte sie die Sonnenbrille wieder auf. Sie war krebsrot geworden.

Viktoria wusste nicht, was sie sagen sollte. »Ähm ... tut mir leid, aber ich bin gerade überfordert.«

Sie lagen still nebeneinander, beide waren aufgewühlt.

Viktoria machte sich Gedanken. Ja, sie war ein neugieriger Mensch, offen für Neues und Unbekanntes. Sie realisierte, dass in ihren Träumen auch schon Frauen als erotische Wesen aufgetaucht waren. Aber dass solche Träume auch wahr werden konnten ... darauf wäre sie nicht im Entferntesten gekommen. Hmm. Wenn sie ehrlich war, würde sie es im Grunde genommen doch gerne mal ausprobieren wollen. Aber jetzt? Hier? Mit Bella?

Viktoria nahm Bellas Hand. Diese zuckte kurz zurück, ließ es dann aber doch geschehen. Nach anfänglichem Zögern drückte Bella nun zart Viktorias Hand. Sie blieben eine Weile still liegen. Sie entspannten sich. Das fühlte sich schon besser an.

Als die Sonne langsam sank, wurde es kühler, und sie gingen hinein. Sie zogen bunte Sommerkleidchen an und Viktoria ging in die Küche, um etwas Leckeres zu kochen.

»Sind Sie hungrig, Madame Bella?«, fragte sie. Sie versuchte, die Normalität wiederherzustellen.

»Ja, sehr. Kochst du etwas mit Teigwaren?« Bella hatte einen gesunden Appetit.

»Spaghetti an einer Gemüserahmsauce?« Viktoria schaute sie an. Bellas Gesicht hellte sich auf. Viktoria musste lächeln. Es war schön zu sehen, wie sich Bella wegen Kleinigkeiten freuen konnte.

Sie aßen gemeinsam. Bella bestand darauf. Sie öffnete einen schweren Rotwein. »Magst du diesen hier?«

»Keine Ahnung, ich kenne mich nicht aus.« *Barolo* stand auf dem Etikett. »Aber grundsätzlich mag ich Rotwein.«

Sie schenkten sich ein Glas ein.

»Oh, der ist wirklich lecker«, gab Viktoria zu.

Bella schenkte nach. Das Essen schmeckte vorzüglich. Viktoria räumte auf und Bella machte Musik an. *Pretty Woman* tönte es aus dem Lautsprecher.

»Komm her, lass uns tanzen«, rief Bella Viktoria zu. Viktoria ließ sich nicht zweimal bitten. Sie liebte es zu tanzen, und der Wein gab ihr zusätzlich ein beschwingtes Gefühl. Sie tanzten, lachten, tranken. So unbeschwert war Viktoria schon lange nicht mehr gewesen.

Als das Lied *Can't take my eyes off you* lief, tanzten sie eng und kicherten wie zwei kleine Mädchen. Sie schauten sich in die Augen. Ihre Gesichter wurden ernst. Und dann küssten sie sich auf den Mund. Zuerst flüchtig, dann zart. Ihre Lippen öffneten sich, die Zungen liebkosten sich neugierig, zart, fein, dann immer wilder.

Bella führte Viktoria in ihr Schlafzimmer, sie legten sich aufs Bett, ohne das Küssen zu unterbrechen. Bella streifte die Träger ihres Kleides über die Schultern und zog es aus. Dasselbe tat sie mit Viktorias Kleid.

Viktoria begehrte kurz auf. »Madame ...«

Bella unterbrach sie. »Vergiss die Madame. Ich bin deine Bella, und du meine Viktoria.«

Die Küsse wurden heißer. Inniger. Wilder. Die beiden Frauen berührten sich, stöhnten. Sie zogen ihre Unterwäsche aus und waren vollkommen nackt.

Viktoria kämpfte innerlich. Was passierte hier? Eine Frau? Ich küsse eine Frau? War sie etwa verrückt? Aber es fühlte sich so gut an. Ihre Verkrampfung löste sich mehr und mehr. Sie ließ sich fallen. Fiel endlos. Ins Paradies. Wollte, dass es nie mehr aufhört. Sie glitt auf einer Welle, die sich immer höher schaukelte, bis sie zum Orgasmus kam. Ein Orgasmus, der nicht enden wollte. Ihr ganzer Körper vibrierte, zitterte, fühlte, spürte.

»Ich bin so glücklich«, hauchte Bella mit einem Lächeln auf dem Gesicht.

»Das bin ich auch«, gab Viktoria ehrlich zu.

Erschöpft von so viel Lust und Ekstase schliefen sie schließlich eng umschlungen ein.

Die nächsten Tage genossen die beiden gemeinsam. Sie gingen im Wald spazieren, legten sich in die Sonne, kochten, aßen.

Das Leben war wunderbar.

Die beiden Frauen saßen auf der Terrasse und gönnten sich kalten Tee, den Viktoria am Vorabend zubereitet hatte. Ein lauer Wind streichelte ihr Gesicht, das der Sonne zugewandt war. Bella vertraute sich Viktoria an und erzählte aus ihrem Leben: »Meine Mutter war ein unglaublich liebenswürdiger und fröhlicher Mensch. Sie fuhr mit Begeisterung den roten Käfer, der in der Garage steht. Sie holte damit ihre Freundinnen ab, und sie unternahmen die wildesten Ausflüge. Sie fuhren über den Gotthard ins Tessin und ließen es sich dort gut gehen oder zum Jazzfestival nach Montreux. Mama reiste sehr gerne. Ihr großer Traum war es, Mexiko zu erkunden. Ich habe keine Ahnung, woher das kam. Es war eine fixe Idee von ihr. Vor dem Einschlafen erzählte sie mir, wie wir zusammen mit Papa dorthin fliegen und mit einem VW-Bus das Land bereisen würden. Sie hat mir von den Pyramiden in Chichén Itzá erzählt, von Vulkanen, von schönen Stränden in der Karibik und am Pazifik. Sie erzählte so lebendig, als ob sie schon da gewesen wäre. Diese Reise blieb ihr leider verwehrt.« Bella hielt kurz inne.

Viktoria sah die Trauer in ihren Augen. Nach einer kurzen Pause fuhr Bella fort: »Mama hat vieles mit mir unternommen. Wenn Vater arbeitete, setzte sie mich auf den Beifahrersitz, und wir fuhren hupend in den Zoo. Dort verbrachten wir ganze Nachmittage, und zum Abschluss kriegte ich stets ein Eis. Das durfte ich Papa nicht erzählen, weil er meinte, Zucker sei schlecht für die Zähne. Das war unser kleines Geheimnis. Wenn ich einmal mit Papa allein in den Zoo fuhr, taten wir dasselbe, inklusive Eis essen. Das durfte ich dann meiner Mutter nicht erzählen. Innerlich musste ich immer lachen. Ich weiß nicht, ob die beiden das jemals geklärt haben.«

Jetzt lächelten beide. Viktoria berührte es, wie zärtlich Bella von ihrer Mutter sprach.»Was ist denn geschehen?«

Als Bella nicht antwortete, sagte Viktoria schnell:»Du musst es mir nicht sagen, wenn du nicht möchtest.«

»Ich erzähle dir gerne davon.« Bella holte Luft.»Als ich zehn war, wurde Mutter krank. Sie hatte Krebs. Gebärmutterkrebs. Man konnte nichts mehr machen. Sie wurde zusehends schwächer und starb nach kurzer Zeit. Meine Kindheit war vorbei, obwohl Papa immer gut für mich gesorgt hat.« Bella liefen Tränen über das Gesicht.

Viktoria nahm sie in den Arm und versuchte sie zu trösten:»Das tut mir sehr leid.« Sie streichelte ihr über die Haare.

Eine Zeit lang blieb es still. Dann sprach Bella weiter.»Von da an hat mich mein Vater allein aufgezogen. Charlotte war wie meine Ziehmutter. Sie war immer sehr gut zu mir. Aber natürlich vermisse ich meine Mama heute noch. Jeden Tag denke ich an sie.«

Viktoria konnte das verstehen. Ihr war es mit ihrem Vater ähnlich ergangen. Eines Tages würde sie Bella die Geschichte erzählen, aber nicht jetzt.

»Dann ist der Käfer ein schönes Erinnerungsstück«, sagte sie.»Warum fährst du das Auto nicht? Edgar hat mir verraten, dass du einen Führerschein hast.«

»Konrad hat mir verboten, damit zu fahren. Es wäre ein altes Hippie-Auto und unter seiner Würde.« Bella schaute zornig.

»Aber verkauft hat er es nicht. Wahrscheinlich denkt er, dass das Auto eines Tages Seltenheitswert haben wird.«

Viktoria fühlte einen Stich im Herzen, als Konrads Name fiel, und fragte nach:»Wie hast du Konrad eigentlich kennen gelernt?«

Bellas Blick schweifte in die Ferne.»Als ich eine junge Frau war, kam Vater eines Abends mit Konrad nach Hause. Er hatte ihn in einem Männerclub kennen gelernt und fand ihn sehr charmant. Er stellte ihn mir vor. Ich fand ihn nett. Er sah gut aus, wusste sich zu benehmen und brachte mich zum Lachen. Ich war nicht in ihn verliebt, aber ich dachte mir, dass er zu mir passt und wir gut miteinander klarkommen würden.

Vater wusste nicht, dass ich mich zu Frauen hingezogen fühlte, und er war sehr glücklich, als Konrad um meine Hand anhielt. Er gab uns seinen Segen. Drei Monate später heirateten wir bereits. Ich sah aus wie eine Prinzessin, er wie ein Ritter – es war eine Hochzeit wie im Märchen.«

Bella verstummte. Dann holte sie tief Luft und fuhr fort:»Als Vater plötzlich an Herzversagen starb, war ich todunglücklich. Ich trauerte und war voller Schmerz. In diesem Moment hätte ich Konrad so sehr an meiner Seite gebraucht – doch er war nicht da. Er musste ausgerechnet in dieser Zeit geschäftlich nach Paris. Das machte keinen Sinn. Als ich ihn darauf ansprach, wurde er wütend und fragte, ob ich ihn kontrollieren wolle. Etwas sanfter erklärte er mir, in Paris Immobilien kaufen zu wollen. Das wäre eine gute Geldanlage. Ich bin mir sicher, dass das eine Lüge war. Wer weiß, was er da gemacht hat.

Zur Beerdigung wäre er beinahe nicht erschienen, und den Leichenschmaus verließ er bereits nach einer halben Stunde. Ich war enttäuscht und zog mich zurück.

Nach dem Tod meines Vaters zeigte Konrad sein wahres Gesicht. Er sei jetzt das Oberhaupt der Familie und werde nun über das gesamte Vermögen verfügen – und das, obwohl ich die alleinige Erbin war. Ich musste ihn um Geld bitten, wenn ich etwas kaufen wollte. Das war erniedrigend. Er liebte es, seine Macht zu demonstrieren. Damit kam ich einigermaßen klar, aber es frustrierte mich zusehends. Deshalb fühlte ich mich von ihm weniger angezogen und verweigerte mich ihm. Ohne Kommentar ließ er von mir ab. Dann betrog er mich. Als ich ihn zur Rede stellte, sagte er geradeheraus, dass er ein Mann sei und das brauche. Ich müsse damit leben. Seither haben wir getrennte Schlafzimmer.

Der wahre Terror begann, als er mich das erste Mal vergewaltigte. Ich merkte, wie es ihm Freude bereitete, mich leiden zu sehen. Der Schmerz war grauenhaft. Nicht nur der körperliche. Je mehr ich jammerte, desto wilder wurde er. Also habe ich irgendwann keinen Mucks mehr gemacht. Tatsächlich verlor er das Interesse für eine Weile, tat es irgendwann aber wieder. Ich wusste nie, wann es passiert. Die Angst begleitet mich seither.«

»Ist das wirklich wahr?« Viktoria war schockiert. Entsetzt.

»Ja, leider«, seufzte Bella. »Er ist ein Sadist. Manchmal denke ich sogar, er ist der Teufel in Person. Du wirst es vielleicht nicht glauben, aber später hat er mir sogar gestanden, dass die Liebe zu mir von Anfang an gespielt war. Geschickt hatte er sich auf mich eingelassen, weil ich eine gute Partie war. An meiner Person war er dabei nie interessiert gewesen. Nur an meinem Geld. Du kennst seinen Bruder Adalbert noch nicht. Der ist genauso berechnend. Nur dass er bisher nicht so erfolgreich war wie Konrad. Er ist immer noch ledig.«

Sie blickten stumm auf die Rosen im Garten. Ihre Schönheit vermochte die düsteren Gedanken nicht zu vertreiben.

»Danke für dein Vertrauen«, unterbrach Viktoria das Schweigen. »Weißt du was? Meine Mutter hat mich bereits vor Konrad gewarnt. Sie hatte recht.«

Bella lächelte. »Deine Mutter scheint eine weise Frau zu sein.«

»Ja, das ist sie«, sagte Viktoria stolz.

Die beiden umarmten sich innig.

»Ich bin froh, dass ich dich habe, Viktoria.« Bella küsste Viktoria.

»Du bist wunderbar«, erwiderte Viktoria.

Am nächsten Tag bereitete Viktoria das Frühstück vor. Sie machte Spiegeleier auf Toast und einen starken Kaffee. Dazu legte sie eine Platte von ABBA auf und spielte den Song *Dancing Queen*. Viktoria und Bella tanzten wild in Höschen und knappem T-Shirt. Sie liebten es und fühlten sich frei.

Bella hatte großen Appetit und verschlang das Frühstück in Rekordzeit. Viktoria lachte. »So gefällst du mir, Bella.«

Bella erholte sich gänzlich. Außer ein paar verblassten blauen Flecken war von der furchtbaren ersten Nacht kaum mehr etwas zurückgeblieben.

Sie gingen gemeinsam unter die Dusche und seiften sich mit wohlriechenden Ölen ein. Sie konnten voneinander kaum genug kriegen und genossen jede Berührung.

Später legten sie sich fröhlich auf die Liegestühle. Viktoria sah Bella an und strich ihr eine Strähne aus dem Gesicht.

»Kannst du dich nicht scheiden lassen? Es muss doch einen Ausweg aus dieser Misere geben.«

»Das kann ich schon, doch dann wird mich Konrad administrativ verwahren lassen. Das wäre das Ende. Man weiß nämlich nie, ob und wann man da jemals wieder rauskommt. Damit hat er mir schon gedroht. Es gibt keinen Ausweg.«

Viktoria konnte das kaum glauben. »Als wohlhabende Frau werden sie dich bestimmt nicht verwahren lassen, das kann ich mir nicht vorstellen.«

»Leider ist es so. Einer ehemaligen Schulkollegin von mir ist genau das passiert. Im Gegensatz zu den ärmeren Menschen kam sie jedoch nicht ins Gefängnis, sondern wurde in eine Nervenheilanstalt eingewiesen. Ich habe sie nie wiedergesehen.«

»Ach ist das traurig. Dein Vater wollte nur das Beste für dich und konnte dich trotzdem nicht beschützen.« Viktoria konnte es Bella nachfühlen.

»Du hast recht. Ich bin ein Vogel, gefangen im goldenen Käfig, und habe Singverbot«, seufzte Bella.

»Bella, seit wir allein hier sind, hast du dich komplett gewandelt. Bisher dachte ich, dass du eine vergrämte und frustrierte Frau bist. Willenlos, gar depressiv. Hier bist du ganz anders. Warum ist das so?« Viktoria brannte diese Frage seit einigen Tagen auf der Zunge.

»Wenn ich das wüsste ...«, meinte Bella und schüttelte den Kopf, »ich verstehe mich selbst nicht mehr. Charlotte hat mich das auch schon gefragt. Früher war ich lebendig, fröhlich und guter Dinge. Ich war kreativ und hatte so viele Ideen. Ich stellte mir vor, was ich alles in dieser Welt bewirken, was ich unternehmen könnte. Dann kam Konrad und anfangs träumten wir gemeinsam, bis er sein wahres Gesicht zeigte. Ich hätte mich von Anfang an gegen ihn auflehnen und mich wehren sollen. Aber ich fühlte mich in seiner Anwesenheit unsicher. Mit seinen Ausbrüchen machte er mir Angst. Ich kannte das nicht und hatte keine Ahnung, wie ich damit umgehen soll. Da habe ich mir gedacht, dass es wohl am besten sei, wenn ich ruhig bleibe und das Ganze über mich ergehen lasse.

Nach einer Weile wurde es mir dann aber doch zu bunt und ich begann, mich zu wehren. Da hat er mir gedroht. Das hat mich eingeschüchtert und ich war ihm immer mehr ausgeliefert. Glaub mir, ich wünsche mir nichts sehnlicher, als dass ich zu meiner alten Kraft zurückkomme.« Bella lächelte.

»Das wünsche ich dir von Herzen.« Viktoria nahm Bellas Hand und küsste sie.

Trotz der schlechten Aussichten genossen sie die nächsten Tage. Die vergingen wie im Flug. Viktoria kochte die köstlichsten Speisen, die sie im Garten, in der Küche oder im Bett zu sich nahmen. Sie redeten bis spät in die Nacht hinein. Sie spielten Musik ab und tanzten dazu wild durchs Haus. Für sie existierten nur noch sie beide. Sie merkten, wie sich ihre Herzen öffneten, und Viktoria erkannte, was ihr in Beziehungen immer gefehlt hatte. Die Verbindung, das Vertrauen, das gemeinsame Lachen. Diese Intensität erlebte sie mit Bella zum ersten Mal, und sie war begeistert, wie schön eine solche Beziehung sein konnte.

»Bella, darf ich dich etwas fragen?«

»Klar, was immer du willst.«

»Warst du schon immer lesbisch?«

»Ja«, antwortete Bella ohne Zögern. »Wenn ich als junge Frau mit Vater Eis essen war, hat er manchmal Frauen nachgeschaut. Da merkte ich, dass ich sie ebenfalls schön und interessant fand. Ich bekam Gänsehaut, wenn ich nur daran dachte, eine Frau zu küssen. Männer fand ich zwar nett, aber ich habe mich nie erotisch zu ihnen hingezogen gefühlt.«

Bella schaute Viktoria nachdenklich an.

»Und wie ist das bei dir?«

»Na ja, mit den Männern hatte ich eine wilde Zeit«, erzählte Viktoria. »Aber ich war nie mit dem Herzen dabei. Mir hat immer etwas gefehlt. Wenn ich mit dir zusammen bin, fehlt mir nichts. Mein Herz ist erfüllt, am Überquellen. Du raubst mir den Atem. Mein Bauch ist entspannt und fühlt sich so gut an. Es ist das höchste Glück, das ich je erlebt habe.«

Bella unterbrach sie mit einem innigen Kuss.

Danach fuhr Viktoria fort: »Aber diese Liebe macht mir auch Angst. Du bist mit Konrad verheiratet. Wir müssen unsere Beziehung verbergen, obwohl ich am liebsten in die Welt hinausschreien würde, wie sehr ich dich liebe.«

»Ja, ich weiß«, erwiderte Bella betrübt.

»Wir müssen unsere Gefühle verstecken. Alles andere wäre zu gefährlich.«

Viktoria konnte sich nicht so einfach damit abfinden.

»Weißt du, Bella, unsere Liebe ist verboten. Nicht nur, weil du verheiratet bist. Neu hinzu kommt für mich die Homosexualität. Ist es nicht schrecklich, dass diese lesbische Liebe ein Tabu darstellt? Als pervers verpönt wird? Ist es nicht traurig, dass darüber geurteilt wird, was richtige und was falsche Liebe ist? Und ich muss dir ehrlich sagen, ich weiß noch gar nicht, wie ich damit umgehen soll.«

Bella nahm Viktoria in den Arm. »Ich verstehe deine Unsicherheit. Wichtig ist, dass wir beide wissen, wie sehr wir uns lieben. Nur das zählt. Alles andere wird sich irgendwie ergeben. Vertraue darauf. Natürlich wäre es schön, wenn wir diese Liebe offen leben könnten. Ich hoffe, dass das eines Tages möglich sein wird. Ich glaube jedoch nicht, dass wir beide das jemals erleben werden. Zu groß ist die Verunsicherung der Menschen Homosexuellen gegenüber. Was den Menschen Angst macht, lehnen sie grundsätzlich ab.«

Sie umarmten sich lange. Die Sorgen hielten die beiden nicht davon ab, von einer gemeinsamen Zukunft zu träumen. Sie sprachen darüber, die Welt zu bereisen, fremde Kulturen kennen zu lernen, wie zum Beispiel Mexiko. Mexiko wurde zu ihrem gemeinsamen Traum. Vielleicht würden sie dort eine Schule für arme Kinder bauen oder Frauen helfen, die in derselben Situation waren wie Bella. Die gefangen waren in einem Käfig aus Angst und Gewalt. Dafür mussten sie allerdings gar nicht ins Ausland reisen. In der Schweiz gab es genügend Betroffene.

Gefängnisse sind einfach menschenunwürdig, dachte sich Viktoria. Ganz gleich, um welche Art der Gefangenschaft es sich auch handeln mag.

»Bella«, unterbrach Viktoria die Ruhe beim Abendessen. »Ich habe mir etwas überlegt. Wenn Konrad ein Teufel ist, dann musst du ein Teufelsweib werden!«

»Teufelsweib? Wie meinst du das?« Bella war irritiert. »Das ist doch ein Schimpfwort.«

»Ich sehe das anders. Die männliche Variante ist ein *Teufelskerl*. Ist das ein Schimpfwort?«, fragte Viktoria.

Bella schien überrascht. So hatte sie es noch nie betrachtet. »Du hast recht. Ein Teufelskerl ist ein tollkühler Draufgänger und schlauer Fuchs, der die Strategien anderer durchschaut und geschickt nutzt, um seine Ziele zu erreichen. Teufelskerl wird als Kompliment verwendet.«

Viktoria lachte. »Ganz genau. Und jetzt hören wir mit der Diskriminierung auf und verwenden das Wort Teufelsweib genauso. Du nutzt dein Wissen und deine Intelligenz, um aus deiner Misere mit Konrad auszubrechen. Im Gegensatz zu einem Teufelskerl nutzt du als Teufelsweib zusätzlich deinen Charme. Weißt du, was ich meine? Du Teufelsweib?«

»Oh. Das ist großartig!« Bella war begeistert. Dann fügte sie neugierig hinzu: »Und was heißt das jetzt konkret?« Bella konnte sich die Umsetzung nicht vorstellen.

Viktoria schaute Bella verliebt an. »Ich weiß es noch nicht, aber das werden wir bestimmt herausfinden. Wir müssen das Wort mit der neuen Bedeutung erst sacken lassen.«

»Weißt du was, Viktoria? Mir geht es inzwischen viel besser – dank dir. Ich glaube, das ist ein guter Anfang. Schauen wir, was daraus entsteht.« Die beiden klatschten sich ab.

»Aber wir müssen aufpassen, dass Konrad nichts merkt und misstrauisch wird«, warnte Viktoria abermals. »Wenn er anwesend ist, müssen wir uns so gut es geht aus dem Weg gehen und ich sollte dich weiterhin Madame nennen.«

Bella nickte. Sie realisierte, dass sie wohl auch Charlotte nichts verraten durfte. Das würde ihr am schwersten fallen, denn sie war keine gute Schauspielerin. Sie mussten vorsichtig sein. »Du bist sehr klug, Viktoria.«

»Danke«, antwortete Viktoria freudig, und die beiden besiegelten ihre Worte mit einem innigen Kuss.

Als Bella und Viktoria sich am Nachmittag im Bett liebkosten, hörten sie plötzlich die Geräusche eines Motors.

Bella rief erschrocken: »Konrad kommt! Geh sofort hinunter!«

Viktoria hüpfte aus dem Bett, rannte in ihr Zimmer, zog die Dienstkleidung an und zupfte sich das Haar zurecht. Ein paar Strähnen konnte sie auf die Schnelle nicht bändigen. Aber sie stand rechtzeitig in der Eingangstür.

Konrad grüßte sie entspannt. Charlotte sah ihr zerzaustes Haar und hob eine Augenbraue.

Bella lag im Bett, was nicht ungewöhnlich war. Charlotte ging zu ihr hoch und war sichtlich erleichtert, als sie sah, dass die Wunden inzwischen verheilt waren und es ihr auch sonst gut zu gehen schien. Bella war leicht gebräunt und hatte etwas zugenommen. Die Rippen waren nicht mehr so klar erkennbar.

Konrad war freundlich – wahrscheinlich hatte er eine gute Zeit in der Stadt verbracht. Die nächsten Tage verliefen friedlich. Dann wurde gepackt, der Sommer war vorbei. Von dem schrecklichen Vorfall sprach keiner mehr.

Bei einem Besuch bei Greta und Anna war Viktoria stiller als sonst. Das entging ihnen nicht.

Auch Anna, die inzwischen mit einem Restaurantbesitzer aus Mailand verlobt war, kam ein Verdacht. »Bist du etwa verliebt?«, löcherte sie ihre große Schwester.

»Erzähl mir von deinem Verlobten«, versuchte Viktoria das Thema zu wechseln.

»Er heißt Giovanni. Wir sind verliebt und bald werden wir heiraten. Dann ziehe ich zu ihm. Wir sind ganz aufgeregt. Aber das weisst du alles schon. Jetzt sag, bist du verliebt?« Anna hatte Viktorias Ablenkungsmanöver durchschaut.

»Ach, hör auf«, sagte Viktoria mit einem Lächeln im Gesicht. Doch sie konnte hier keinem etwas vormachen und wollte es auch nicht.

»Aha, also wirklich verliebt«, stellte Greta fest. »Heftig verliebt?«

»Ja, irgendwie schon.« Viktoria war verlegen.

»Erzähl!«, hakte Anna ungeduldig nach. »Wer ist es? Wie ist er?«

»Es ist kein Er«, antwortete Viktoria. »Es ist eine Frau.«

Stille trat ein. Wie nach einer Bombenexplosion.

So sprachlos hatte Viktoria ihre Mutter und ihre Schwester noch nie erlebt.

»Nun sagt schon was!«, forderte sie die beiden auf. Dass die zwei so verhalten waren, verunsicherte sie. Sie überkam ein mulmiges Gefühl. Verbotene Liebe. Konnte das gut sein? Gut gehen?

Ihre Mutter fand als Erste ihre Stimme wieder. »Viktoria, es gibt keine richtige oder falsche Liebe.« Sie hielt kurz inne, dann fuhr sie fort: »Ich gebe zu, es ist ungewohnt für mich, aber ich werde mich damit auseinandersetzen. Ich will, dass du glücklich bist. Wenn diese Frau die Richtige für dich ist, so soll es mir recht sein. Bitte gib mir einfach ein wenig Zeit, damit ich mich an den Gedanken gewöhnen kann.«

Viktoria kamen die Tränen. »Mama, ich habe solche Angst! Meine Gefühle für Bella sind so stark. Ich liebe sie! Es schmerzt mich so sehr, wenn ich nur daran denke, dass wir nicht zusammen sein können – und dann ist da auch noch ihr gewalttätiger Mann ...«

»Gewalttätig?«, fragte Greta erschrocken nach.

»Ja, er quält sie, behandelt sie schlecht«, antwortete Viktoria. Sie wollte nicht über die Vergewaltigungen reden. Das wäre zu viel gewesen.

»Ich war nicht erfreut, als du von deinem Liebhaber Konrad erzählt hast. Bella ist auch verheiratet, aber irgendwie fühlt es sich gut an. Geht es langsam an. Und passt auf. Mit Konrad ist wohl nicht zu spaßen«, sagte Greta und nahm liebevoll Viktorias Hand in ihre.

Anna war von der Neuigkeit zunächst überrascht. Andererseits freute sie sich für ihre Schwester. »Ich glaube, ich habe dich noch nie glücklicher erlebt!« Scherzhaft fügte sie hinzu:

»Nur sag, muss ich mich jetzt etwa vor dir schützen? Mache ich dich an?«

Viktoria kniff sie in die Seite. »So ein Nonsens! Außerdem bist du mir sowieso zu männlich mit deinen kurzen Haaren!«.

Sie prusteten los und lachten. Viktoria war erleichtert. Sie war froh, dass die beiden nun Bescheid wussten, und schöpfte neuen Mut. Irgendwann würden Bella und sie einen gemeinsamen Weg finden. Irgendwann, irgendwie.

Viktoria hatte noch etwas anderes auf dem Herzen: »Mama, was genau ist eigentlich mit Papa geschehen? Er war doch nie in einer Klinik, oder?«

Greta erschrak. »Wie kommst du denn plötzlich darauf?«

Anna mischte sich ins Gespräch ein: »Mama, wir haben dich damals nicht gefragt, weil du so traurig warst. Aber wir wüssten schon gern, was da los war.«

Greta verschloss sich. »Mädchen, es gibt Sachen, die man tun muss. Und danach redet man nie wieder darüber. Ich habe etwas getan, um euch zu schützen. Ich war sehr verzweifelt und hatte es mit eurem Vater abgesprochen.«

Viktoria ging darauf ein: »Ich weiß, ich habe damals gehorcht.«

Greta war überrascht. »Du hast was? Und was hast du gehört?«

Viktoria sagte: »Mama, ich bin damals aufgewacht. Ich schäme mich nicht dafür. Leider habe ich nicht verstanden, was ihr ausgeheckt hattet.«

Greta wurde wütend. »Was ich mit Otto ausgemacht hatte, bleibt unser Geheimnis. Ich wollte euch nie mit reinziehen und werde es auch jetzt nicht tun. Bitte fragt nicht mehr danach.«

So aufgebracht hatten sie Greta noch nie erlebt.

Viktoria versuchte zu schlichten:»Mama, ich wollte einfach fragen. Erzähl es uns doch irgendeinmal, wenn du meinst, dass es für dich okay ist. Einverstanden?«

Greta nickte.

Viktoria und Bella verbargen ihre Liebe, so gut es ging. Wenn sie sich unbeobachtet fühlten, warfen sie sich heiße Blicke zu. Das Verlangen, einander nahe zu sein, war immens. Viktoria machte sich Sorgen, dass Konrad sich ihr wieder zuwenden könnte. Sie fürchtete sich vor seinen Annäherungsversuchen. Früher hatte sie sich nach ihm verzehrt – jetzt hätte sie diese Intimitäten mit ihm kaum ertragen. Glücklicherweise zeigte er inzwischen kaum mehr Interesse an ihr.

Wie gewohnt kam am Sonntagnachmittag Konrads Bruder Adalbert zum Kaffee. Bella musste sich jedes Mal dazusetzen, obwohl sie Adalbert hasste. Viktoria wollte sie nicht allein lassen und hatte sich extra für den Sonntagsdienst eingeschrieben. Sie bediente die drei und bekam mit, wie sie sich über Bella lustig machten.

»So mager, wie du bist, könnte man meinen, die Hungersnot sei ausgebrochen.« Adalbert klatschte sich mit Konrad ab, und sie lachten herzhaft.

Bella blickte betreten zu Boden. Viktoria zerriss es innerlich. Sie gab ihr Bestes, um sich nichts anmerken zu lassen.

Bella entschuldigte sich. Sie habe Kopfschmerzen und wolle sich hinlegen. Konrad war es recht. Sie war ihm sowieso lästig.

Bella ging, Viktoria schenkte Kaffee nach. Die beiden beachteten sie nicht. Sie hörte, wie Adalbert leise zu Konrad sagte:»Du hast mit Bella das große Los gezogen. Ich habe noch keine gefunden, aber ich bleibe dran.«

Konrad grinste hämisch.

Als beide bedient waren, verließ Viktoria den Raum. Sie hätte sich am liebsten geohrfeigt. Wie hatte sie nur so naiv sein und sich in diesen sadistischen Mann verlieben können! In ihrer Wut knallte sie das Tablett mit dem leeren Kaffeekrug auf die Küchenablage. Der Krug zerbrach in tausend Stücke.

Später verabschiedete sich Adalbert und Konrad hatte Lust auf Spielchen mit Viktoria. Er versuchte sich ihr zu nähern.

Da erinnerte sich Viktoria an den Satz, den sie für diesen Moment vorbereitet hatte.»Konrad, ich habe mich verlobt und werde bald heiraten. Wir dürfen das nicht mehr tun, sonst komme ich in die Hölle!«

Konrad war verärgert und verzog das Gesicht.»Blödsinn. Das glaube ich dir nicht. Komm her. Du willst es doch auch«, sagte er kalt und hielt sie am Handgelenk fest.

Mit aller Kraft stieß sie ihn von sich weg. Mit diesem Widerstand hatte er nicht gerechnet. Sie rannte schnell zu ihrem Zimmer und schloss ab. Er polterte an ihre Tür und befahl, sie zu öffnen. Viktoria machte keinen Mucks und hoffte, er würde sich zurückziehen.

Da hörte sie Bellas Stimme:»Was ist hier los?«

»Das geht dich nichts an«, schrie Konrad sie an.»Ach, ihr blöden Weiber. Ihr könnt mir gestohlen bleiben.«

Viktoria hörte, wie er sich entfernte und anschließend die Haustür zugeschlagen wurde. Sie atmete erleichtert auf und öffnete die Tür.

Bella stand davor. »Hat er dir etwas getan?«, fragte sie besorgt.

»Nein, aber fast.« Viktoria weinte.

Bella nahm sie in den Arm und tröstete sie. »Meine Liebe ... schsch... ach Viktoria, wie gerne würde ich dich zu mir nach oben nehmen.«

Sie küssten sich und wussten, dass das nicht ging. Konrad war unberechenbar und konnte jeden Moment zurückkommen. Also verabschiedeten sie sich und Viktoria schloss die Tür zu ihrem Zimmer ab.

Ihre Abweisung hatte jedoch zur Folge, dass Konrad Bella jetzt umso mehr quälte. Immer öfter waren Viktoria und Charlotte damit beschäftigt, sie nach einem seiner gewaltsamen Ausbrüche zu trösten und ihre Wunden zu versorgen. Bella leiden zu sehen, machte ihm Spaß.

Es wurde immer schlimmer. Schließlich bat Viktoria Charlotte um Hilfe. »Charlotte, das geht so nicht weiter. Es muss etwas geschehen, sonst geht Monsieur Konrad vielleicht eines Tages zu weit und bringt Bella um!«

Charlotte, die noch immer nichts von der Beziehung zwischen Viktoria und Bella wusste, blickte sie misstrauisch an.

»Ist das also deine Art, dich an ihm zu rächen, weil du nicht mehr bei ihm landen kannst? Oder möchtest du dich jetzt auch noch an Bella ranmachen? Sie für dich gewinnen?«, stieß sie hervor.»Du bist das Letzte. Du denkst nur an dich und an deinen eigenen Vorteil. Schäm dich!«

Die Härte ihrer Worte erschreckten Viktoria.»Charlotte, ich weiß, wir haben unsere Differenzen. Aber hier geht es um Bella. Ich mache mir ernsthaft Sorgen. Übrigens ist mein Techtelmechtel mit Monsieur Konrad beendet.«

Charlotte schaute sie erstaunt an.»Es fällt mir schwer, dir zu glauben.«

»Das kann ich verstehen«, gab Viktoria kleinlaut zu.»Trotzdem. Wir sollten uns um Bella kümmern. Können wir nicht zur Polizei gehen? Wir haben diese Gewaltausbrüche schon mehrmals miterlebt. Wir sind zu dritt. Wir müssen doch etwas tun können!«

Charlotte beruhigte sich allmählich.»Bei der Polizei war ich schon mehrmals. Ich wurde mit den Worten ‹es wird nicht so schlimm sein› oder ‹er beruhigt sich bestimmt wieder› oder ‹wir rücken immer wieder wegen solcher Fälle aus und wenn wir da sind, war doch nichts› abserviert. Vielleicht wäre es einfacher, wenn Bella ihn anzeigen würde. Aber sie hat große Angst vor Konrads Reaktion. Falls er davon erfährt und die Polizei nichts unternimmt, ist sie ihm noch mehr ausgeliefert. Halte dich zurück. Hast du verstanden? Sonst machst du es noch schlimmer!«, trichterte Charlotte Viktoria ein.

Viktoria nickte betreten. Sie hätte wissen sollen, dass Charlotte schon einiges versucht hatte, um Bella aus ihrer misslichen Lage zu befreien.

Trotz dieses persönlichen Gespräches blieben Charlotte und Viktoria distanziert.

4

Es wurde ruhiger. Viktoria sah Konrad öfter lächeln. Sie war sich sicher, dass er eine neue Frau an seiner Seite hatte, bei der er die Nächte verbrachte. Er ließ von Bella ab und diese erholte sich körperlich. Das war gut so.

Der Herbst war übers Land gezogen. Die Bäume waren voll von bunten Blättern. Es war ein lieblicher Sonntag. Die Bediensteten hatten frei – selbst Charlotte war abwesend. Konrad liebte die Jagd und war frühmorgens weggefahren. Viktoria hatte sich freiwillig für den Sonntagsdienst gemeldet. Sie wusste, dass Bella und sie allein sein würden. Endlich. So lange hatten sie auf diesen Moment gewartet. Der ganze Tag würde ihnen gehören.

Viktoria schlang einen großen Schal über ihren nackten Körper und überraschte Bella im Bett. Sie schlief. Wie eine Prinzessin sah sie aus in ihrem großen Himmelbett. Viktoria legte den Schal hin und kroch zu Bella unter die Decke.

Bella packte sie. »Haha ... ich habe gar nicht geschlafen«, lachte sie vergnügt. Sie küssten sich wie zwei hungernde Menschen, die erstmals wieder zu essen hatten. Sie verschlangen sich. Sie berührten sich, genossen die Nähe. Nach ihrem Schäferstündchen drehten sie die Stereoanlage laut auf. *I can't get no satisfaction* von den Rolling Stones ertönte in voller Lautstärke. Sie tanzten ausgelassen durch das ganze Haus. Sie fühlten sich frei, so frei wie lange nicht mehr.

Am Mittag trippelten sie hungrig in die Küche und bereiteten ein deftiges Frühstück vor: Eier mit Speck, Brot mit Butter und Honig.

Viktoria fragte:»Meinst du, die werden alt?«

Bella lachte laut:»Wer, die Stones? Bestimmt nicht, bei dem Lebenswandel!«

Viktoria zog Bella zurück ins Schlafzimmer. Sie kuschelten sich aneinander:»Wenn ich jetzt sterben würde, wäre es mir egal. Ich bin so glücklich mit dir.«

Bella sagte:»Wenn ich mit dir zusammen bin, kann ich all meine Sorgen vergessen.« Sie hauchte:»Ich liebe dich, mein Schatz.«

Und dann ... stand plötzlich Konrad in der Tür. Seine Jagduniform war unversehrt. Das Gewehr trug er über der Schulter. Mit offenem Mund starrte er sie an. Die beiden Frauen zuckten zusammen. Schnell huschte Viktoria aus dem Bett und versuchte, aus dem Zimmer zu rennen.

Konrad hielt sie fest.»Du bleibst hier!« Er stieß sie zurück zu Bella.»Ihr verlogenen Huren! Ihr habt mich hintergangen!«

Konrads Blick wurde eiskalt. Er schaute zu Viktoria.»So, so, und du willst also heiraten? Aha! Und wen? Meine Frau etwa?« Er lachte grell und kam näher.

»Nichts als Abschaum seid ihr!«, zischte er.»Wartet nur ab – jetzt werdet ihr sehen, wie man mit Nutten wie euch umgeht!«

Die beiden zitterten am ganzen Körper.

Er legte das Gewehr ab und zog seine Jacke aus, ohne die beiden Frauen auch nur eine Sekunde aus den Augen zu lassen.

Er stellte zwei Stühle rücklings aneinander und wies Bella an, sich auf einen der Stühle zu knien – dann befahl er Viktoria:»Fessle Bella an den Stuhl! Na los!«

»Das tu ich nicht!« wehrte sich Viktoria vehement.

»Wie du meinst«, sagte er süffisant, nahm das Gewehr und zielte damit auf Bella. Viktoria erstarrte. Konrad ging blitzschnell zu ihr und packte sie an den Handgelenken.»Bring mir den Schal«, wies er Bella an.

Bella sagte mit fester Stimme:»Nein!«

Konrad war einen Moment lang verwirrt. Mit diesem Widerstand hatte er nicht gerechnet. Er stellte das Gewehr ans Bett, schnappte sich den Schal und fesselte Viktoria an den vorderen Bettpfosten. Viktoria versuchte sich zu befreien. Sie hatte keine Chance. Konrad hatte den Schal so geknöpft, dass ihre Hände ganz rot anliefen. Der Bettpfosten war massiv.

Bella nutzte die Gunst des Augenblicks und schnappte sich das Gewehr. Sie zielte jetzt auf Konrad.»Lass sie sofort los!«, schrie sie ihn an.

Konrad schaute sie an und lachte.»Du weißt nicht einmal, wie man diese Waffe entsichert.« Damit ging er auf sie zu. Er schlug den Lauf des Gewehres nach oben. Ein Schuss löste sich. Bella fiel das Gewehr aus der Hand. Verputz rieselte von der Decke herunter. Konrad schnappte sich die Waffe und richtete sie auf Bella.

»Setz dich auf den Stuhl!«, befahl er abermals.

»Tu's nicht!«, schrie Viktoria. Konrad behielt Bella diesmal im Auge und packte eine Socke, die herumlag. Diese stopfte er Viktoria in den Mund. Dabei biss sie ihn.

»Au, verdammt!«, brüllte er und gab Viktoria eine schallende Ohrfeige.

Dann ging er zurück zu Bella. Er zwang sie auf den Stuhl und fesselte sie. Sie konnte Viktoria direkt in die Augen schauen. Sie wussten beide, dass sie nicht heil davonkommen würden. »Ihr beiden seid wohl unersättlich, was? Jetzt werdet ihr sehen, was ihr davon habt!« Konrad lachte grell.

Und dann begann er Bella zu vergewaltigen. Ihr Blick wurde leer und sie verabschiedete sich innerlich. Viktoria konnte es nicht mitansehen und wandte den Blick ab. Bella wirkte wie tot.

Konrad genoss es sichtlich. Dann ließ er von ihr ab, ging zu Viktoria und nahm ihr den Knebel aus dem Mund.

»Bitte, Konrad, lass Bella in Ruhe!«, flehte Viktoria. »Sie kann nichts dafür. Es ist allein meine Schuld. Ich habe sie verführt.«

Konrad schaute sie an und grinste genüsslich. »Keine Sorge, auch du wirst noch deine gerechte Strafe erhalten. Du kannst es wohl kaum erwarten. Danach werdet ihr beide nicht mehr geradeaus gehen können, das verspreche ich euch!« Er lachte teuflisch. Viktoria gefror das Blut in den Adern.

Er stellte sich hinter Viktoria. Sie hatte große Angst. Sie wusste, jetzt war sie an der Reihe. Viktoria schrie. Schrie vor Schmerz, vor Ekel, vor Entsetzen. Etwas in ihrer Seele zerbrach.

Nachdem er sich an ihr vergangen hatte, vergewaltigte er Bella erneut. Viktoria war sicher, er würde erst aufhören, wenn sie tot wären. Sie verlor das Bewusstsein.

Am nächsten Morgen wachte Viktoria benommen auf. Nackt lag sie auf dem Boden. Das Licht blendete sie. Ihr Körper schmerzte. Wo war sie? Sie sah sich um. Dann entdeckte sie Bella auf dem Bett. Schlief sie? War sie tot?

Viktoria richtete sich auf und sah Konrad, der reglos am Boden lag. Mit seinen eisigen Augen starrte er sie an. In seinem Bauch klaffte ein großes Loch. Sie stand langsam auf. Ihr war schwindlig. Langsam taumelte sie auf Konrad zu. Berührte seinen Arm mit ihren Fingerspitzen, um zu sehen, ob er doch noch lebte. Aber nein, sein Körper war eiskalt. Der Boden war voller Blut, das eingetrocknet war.

5

Viktoria legt ihr Buch weg. Ihr ist kalt. Sie bittet die Flugbegleiterin um eine Decke, die sie sich sofort über die Schultern legt und in die sie sich einpackt. Sie sind erst eine Stunde unterwegs. Viktoria schaut aus dem Fenster und erinnert sich an Melanie. Sie hatte Ronald geheiratet und war anfangs überglücklich gewesen. Nach und nach hatte er sein wahres Gesicht gezeigt und sie fertiggemacht, wenn sie nicht sofort das tat, was er wollte. Nachdem die Kinder auf die Welt gekommen waren, wurde es noch schlimmer. Als sie ihn verließ, bedrohte er sie und die Kinder. Melanie war durch die Hölle gegangen. Aber sie hatte es geschafft.

Danach hat sie sich wieder in ihr Leben zurückgekämpft. Vor ein paar Jahren war Ruhe eingekehrt. Die Kinder hatten sich prächtig entwickelt. Viktoria und Melanie waren beste Freundinnen geworden und die Kinder liebten Max über alles. Sie gingen alle miteinander oft in den Wald. Max nahm sie mit ins Dickicht, um Stöcke zu suchen. Diese spitzten sie mit den Taschenmessern an, um eine Wurst dranzustecken und über dem Feuer zu grillen. Melanie und Viktoria plauderten und bereiteten Schlangenbrot vor. Das war jedes Mal ein Erlebnis. Manchmal übernachteten die Kinder bei Viktoria und Max. So hatte Melanie hie und da ein kinderfreies Wochenende. Die Kinder hatten bei Viktoria und Max sogar eigene Zimmer. Sie kamen gern zu Besuch.

Viktoria spürt einen Druck auf der Brust, wenn sie an die schönen Zeiten zurückdenkt. Sie hofft, dass es den Kindern gut geht. Was wird sie erwarten, wenn sie dort ankommt? Gedankenverloren schaut sie aus dem Fenster.

6

Viktoria war verwirrt. Was war nur geschehen? Was war mit Bella? Sie vernahm ein leises Wimmern. Es war Bella, die sich vor Schmerz auf dem Bett krümmte.

Sie lebte! Ein Glücksgefühl durchfuhr Viktoria. Langsam ging sie auf Bella zu. Jeder Schritt schmerzte. Dann war sie bei ihr. Bella atmete flach. Viktoria strich ihr eine Locke aus dem Gesicht.

Dann öffnete Bella die Augen. »Viktoria ... mir tut alles weh. Ist es ... ist es vorbei?«

»Wir sind in Sicherheit«, erwiderte Viktoria. Das war im Moment das Wichtigste.

Bella richtete sich auf und schaute sich um. Dann sah sie Konrad. »Was ist mit ihm? Warum liegt er so komisch da?«

»Weißt du nicht, was passiert ist?«, fragte Viktoria verwundert. »Konrad ist tot! Er wurde erschossen!«

»Ich habe einen Filmriss«, meinte Bella. Sie wusste tatsächlich nichts mehr.

Ratlos sahen sie einander an. Viktorias Gedanken überstürzten sich. Wer von ihnen hatte Konrad erschossen? Sie war es bestimmt nicht gewesen. Sie hätte sich erinnern können. War es Bella gewesen? In Viktorias Kopf herrschte absolutes Chaos. Sie umarmte Bella. »Ich bin froh, dass du lebst, dass ich lebe.« Sie hielten sich fest.

Dann klopfte jemand energisch an die Tür. Die beiden Frauen ließen sich sofort los. Charlotte trat ein. »Was ist denn hier los?«, fragte sie entsetzt, als sie Konrad am Boden liegen sah.

»Wir wissen es nicht«, antwortete Bella.

»Ich rufe die Polizei!«, sagte Charlotte aufgeregt und rauschte davon.

Es dauerte nicht lange und Sirenen ertönten. Mehrere Einsatzwagen parkten vor dem Haus, Passanten blieben neugierig stehen. Schmauchspuren wurden bei Bella und Viktoria sichergestellt, Fotos wurden gemacht. Das dauerte bis zum Mittag. Dann wurde Konrad in einen schwarzen Leichensack gelegt. Der Reißverschluss surrte und von Konrad sah man nichts mehr. Er wurde in einen Bleisarg gelegt und dieser vorbei an der neugierigen Menschenmenge, die sich gebildet hatte, nach draußen getragen und ins Auto des Leichenbestatters geschoben. Ein Raunen ging durch die Menge. Schnell machte die Nachricht die Runde, dass Konrad erschossen worden war. Das Personal hatte es durchsickern lassen.

Der Fall schien klar: Konrad war gemäß ballistischer Untersuchung mit einem Gewehr erschossen worden, die Patronenhülse war auffindbar und die Kugel konnte in der Wand sichergestellt werden. Es war ein glatter Durchschuss gewesen. Die Mordwaffe war jedoch unauffindbar.

In der Zwischenzeit wurden Bella und Viktoria von Hauptkommissar Stutz getrennt verhört: Bella berichtete, was Konrad ihnen angetan hatte und dass sie lange Zeit bewusstlos gewesen waren. Beschämt schaute Stutz zu Boden. Die Situation war ihm sichtlich peinlich.

Bella fuhr fort und erklärte, dass sie – nachdem sie aufgewacht seien – gesehen hätten, dass Konrad tot war.

Bellas Aussage deckte sich mit der Viktorias. Keine konnte angeben, wer Konrad umgebracht hatte. Das kam Stutz suspekt vor.

Eine der beiden musste es gewesen sein, vermutete der Kommissar. Er war sich jedoch nicht sicher. Deshalb weitete er die Ermittlungen aus und befragte sämtliche Angestellten der Villa.

Diese berichteten ihm von Viktorias Affäre mit Konrad. Zudem gab Charlotte zu Protokoll, dass ihr Viktoria in einem Gespräch mitgeteilt habe, Konrad loswerden zu wollen.

»Aha, die Rache der Geliebten!«, schlussfolgerte Stutz. Der Verdacht gegen Viktoria erhärtete sich.

Viktoria war verzweifelt. Es musste Bella gewesen sein. Für sie bestand kein Zweifel. Was würde mit Bella geschehen? Sie würde verhaftet und ins Gefängnis geworfen. Ihre liebste Bella. Es zerriss Viktoria das Herz. Das konnte sie auf keinen Fall zulassen. Deshalb sagte sie: »Ich war's, ich habe Konrad umgebracht.«

Plötzlich wurde es still im Raum.

Stutz fragte sofort nach: »Was haben Sie gesagt? Wiederholen Sie es!«

»Ich habe es getan. Ich habe das Gewehr erwischt und ihn erschossen. Es war Notwehr. Ich dachte, wir würden sterben.«

Viktoria war äußerlich gefasst. Innerlich zitterte sie. Jetzt gab es kein Zurück mehr.

Bella war fassungslos. Schluchzend trat sie vor den Kommissar. »Warten Sie! Das ist unmöglich!« Dann erzählte sie ihm von der besonderen Liebe zwischen ihr und Viktoria. Stutz runzelte die Stirn und flüsterte beschwörend: »Behalten Sie das besser für sich! Sie haben schließlich einen Ruf zu verlieren! Ich kann Ihnen nur raten: Bleiben Sie ruhig.«

Die Indizien hätten für eine Festnahme wohl nicht gereicht. Mit Viktorias Geständnis änderte sich dieser Umstand. Für Stutz stand fest, dass Viktoria den Mord an Konrad begangen hatte. So wurde gegen sie ein Haftbefehl erteilt. Ohne jeden Widerstand ließ sie sich in Handschellen abführen. Viktoria, die Mörderin.

Nach Viktorias Festnahme blieb Bella allein zurück. In ihrer Verzweiflung dachte sie daran, sich Charlotte anzuvertrauen. Sie war die Einzige, die sie trösten konnte. Gleichzeitig hatte sie jedoch Angst, Charlotte könnte sich gegen ihre Liebe zu Viktoria stellen und sich von ihr abwenden. So behielt sie ihr Geheimnis vorerst für sich.

Der Prozess begann. Es lief nicht gut für Viktoria. Greta hatte zwar ihren alten Freund Roger Fehr kontaktiert, der in der Zwischenzeit Regierungsrat geworden war. Ihm waren jedoch die Hände gebunden. Er konnte keinen Einfluss auf das Verfahren nehmen.

Bella organisierte Viktoria einen guten Anwalt. Sie kam für die Kosten auf. Es war ihr wichtig, dass sie bestens verteidigt wurde. Der Anwalt wollte zuerst dafür plädieren, dass die Mordwaffe unauffindbar war und Viktoria als Täterin gar nicht in Frage komme. Sie habe den Raum schließlich nie verlassen. Aber Viktoria lehnte das ab, weil die Untersuchung weitergeführt und Bella schließlich als Täterin geschnappt worden wäre.

Für Viktoria war klar, dass Bella im Affekt geschossen und das Gewehr irgendwo im Haus versteckt haben musste. Sie bat ihren Anwalt dafür zu sorgen, dass die Strafe möglichst mild ausfallen würde.

Der Anwalt wollte Viktoria umstimmen. Er hatte gar einen Trumpf im Ärmel: Beide Frauen und Konrad hatten Schmauchspuren an ihrem Körper. Also konnte nicht nachgewiesen werden, wer tatsächlich geschossen hatte. Doch der Anwalt biss auf Granit. Ihm blieb nur das Argument der Notwehr. Schließlich war die Vergewaltigung erwiesen. Er verteidigte Viktoria mit sehr guten Argumenten. Doch der Staatsanwalt ließ dies nicht gelten. Viktoria hatte Konrad erst nach der Tat umgebracht, also war es nicht aus dem Effekt heraus, sondern wohlüberlegt gewesen. Wahrscheinlich habe sie darauf gewartet, dass er erschöpft sei, um ihn kaltblütig zu erschiessen und die Waffe verschwinden zu lassen.

Der Richter fragte nach, wo diese sich befinde. Viktoria gab an, sich nicht erinnern zu können. Trotzdem folgte der Richter dem Argument der Notwehr und verurteilte Viktoria nicht wegen Mordes, sondern wegen Totschlags. Anstatt lebenslänglich erhielt sie die Mindeststrafe von fünf Jahren. Viktoria nahm das Urteil mit gesenktem Blick an.

Für die Boulevardpresse war die Geschichte ein gefundenes Fressen:»Verschmähte Geliebte geht in den Bau!« – »Höchststrafe für heimtückische Mörderin!« – »Urteil gegen den Sittenverfall!«, so die Schlagzeilen.

Viktoria war schockiert. Wie konnte die Presse die Geschichte so übel ausschlachten. Andererseits – Bella war in Sicherheit. Das war das Einzige, was zählte.

Viktoria wurde ins Frauengefängnis verlegt. Da war sie also nun. Die liebe Viktoria, die keiner Fliege je etwas zuleide getan hatte. Verurteilt wegen Totschlags.

Im Gefängnis musste sie all ihre persönlichen Habseligkeiten abgeben. Die Haare wurden ihr raspelkurz geschnitten. »Sonst bekommt ihr Läuse«, meinte die Wärterin emotionslos.

Sie erhielt ein Stück Kernseife und duschte sich. Das Wasser war eisig kalt. Ihre Wunden waren noch nicht verheilt. Die Seife brannte auf der Haut. Sie versuchte, den Schaum behutsam abzuspülen. Vorsichtig tupfte sie sich danach trocken.

Nun erhielt sie die Gefängniskleidung: Oberteil, Hose, Unterhemd, ein züchtiger Büstenhalter, der die Brüste flach drücken sollte, Socken und eine Unterhose aus grobem Baumwollstoff. Alles in Blau.

Als sich Viktoria angezogen hatte, fühlte sie sich, als ob sie unsichtbar wäre. Am liebsten hätte sie sich in Luft aufgelöst.

Danach wurde sie in ihre Zelle geführt. Es war eine Doppelzelle – jedoch hatte sie vorerst keine Zimmergenossin.

»Du wirst nicht lange allein bleiben«, sagte die Wärterin. »Du wirst bestimmt schon bald eine Kollegin bekommen.« Sie schloss ab und ging davon.

»Psst ... wer bist du?«, flüsterte eine Frauenstimme. Viktoria sah sich um. Wer sprach? War es ihre Zellennachbarin? Sie antwortete nicht – zu groß war ihre Angst. Sie wusste nicht, wer diese Frau war! Eine Irre? Eine Schlägerin? Eine Mörderin? Viktoria legte sich auf das harte Bett, doch sie bekam kein Auge zu. Die ganze Nacht marschierten die Wärterinnen auf und ab. Sie hörte das Klimpern des Schlüsselbundes. Ein kaltes Geräusch, an das sie sich wohl gewöhnen musste.

Nach einer schlaflosen Nacht gab es Frühstück in der Gefängniskantine. Viktoria holte sich ein Tablett. Sie bekam einen dünnen Kaffee, zwei Scheiben altes Brot, einen Klecks Butter und eine Portion Marmelade, bei deren Anblick sie sich fragte, welche Früchte darin wohl enthalten waren. Das riecht nach Schuhkarton, dachte sie sich und rümpfte die Nase. Mit dem Tablett setzte sie sich an einen leeren Tisch. Sie senkte den Blick, in der Hoffnung, die anderen würden sie nicht bemerken. Unauffällig beobachtete sie das Geschehen. Sie ließ den Blick durch die Kantine schweifen. Ihr fiel auf, dass einige Frauen braune Häftlingskleider trugen. Sie hatte keine Ahnung weshalb und traute sich nicht nachzufragen. Die meisten von ihnen waren blutjung und blickten traurig.

Vier Frauen setzten sich mit breitem Grinsen zu ihr. Viktorias Unsicherheit war offensichtlich ein gefundenes Fressen für ihre Mitinsassinnen. Sie musterten sie, nahmen ihr ohne

Worte das Tablett ab und aßen ihre Ration auf. Nicht einmal den Kaffee gönnten sie ihr.

»Ich bin Tonja«, stellte sich eine der Frauen mit bedrohlichem Unterton vor. »Du gehörst mir. Tu, was ich dir sage, dann geschieht dir nichts. Ansonsten ...« Die Frau mit dem rasierten Schädel, die wohl die Anführerin der Gruppe war, ballte die Hand zu einer Faust. Dann zogen sie ab. Der Spuk war vorbei und Viktoria blieb hungrig zurück. Eine zweite Portion gab es nicht.

Das eintönige Dasein im Gefängnis setzte Viktoria zu – ihr einziger Lichtblick waren die wöchentlichen Besuchszeiten. Eine Stunde samstags, eine Stunde sonntags. Greta besuchte sie regelmäßig. Das freute Viktoria, obwohl ihre Mutter immer wieder von neuem sagte:»Viktoria, du musst ihnen sagen, dass du es nicht warst!« Anna saß daneben und nickte hoffnungsvoll.

»Mama, es ist, wie es ist.« Viktoria war zermürbt. Wie oft hatte sie das ihrer Mutter nun schon erklärt!»Nur Bella kann es gewesen sein, aber sie kann sich an nichts erinnern, und das ist auch gut so. Sie könnte mit dieser Tristesse hier nicht umgehen und würde daran zerbrechen. Stell dir vor, sie müsste ins Gefängnis! Nein, Mama. Besser, ich nehme es auf mich, als dass Bella leiden muss.«

»Du gehst zu weit, Viktoria«, mahnte Greta.

»Hättest du dasselbe nicht auch für Papa getan?«, fragte Viktoria.

Greta zögerte für einen Moment und gab schließlich zu: »Doch, für Otto hätte ich es getan. Du hast recht. Manchmal geht man weit, viel zu weit. Man tut, was man tun muss.«

»Ja, Mama. Wenn ich es nicht tue, werde ich meines Lebens nicht mehr froh. Bitte mach dir keine Sorgen. Ich werde schon irgendwie klarkommen – obwohl ...« Ihre Stimme zitterte. »Obwohl ich große Angst habe ... Hier sitzen Verbrecherinnen, Mörderinnen, Betrügerinnen ...«

Greta kämpfte mit den Tränen und brachte kein Wort hervor. Viktoria konnte sie nicht einmal in den Arm nehmen und sie trösten. Körperkontakt war untersagt.

Die Besuchszeit war vorüber. Viktoria verabschiedete sich und verschwand durch die schwere Eisentür.

Anna heiratete und zog nach Mailand zu ihrem geliebten Giovanni. Sie hatte in der Zwischenzeit Italienisch gelernt und wollte unbedingt so schnell wie möglich Mutter werden. Greta hatte den beiden ihren Segen gegeben.

Für Viktoria war es bitter, nicht bei der Hochzeit ihrer einzigen Schwester dabei sein zu können. Hinter Gittern saß sie traurig auf ihrem Bett und weinte den ganzen Tag. Da Anna zu weit weg war, um Viktoria weiterhin besuchen zu kommen, blieb ihnen nur noch der Briefkontakt. Sie vermissten sich sehr.

Auch Bella vermisste Viktoria. Sie kam ebenfalls jedes Wochenende zu Besuch ins Gefängnis. Als Witwe lebte sie nun allein mit Charlotte in der Stadtvilla. Sie fühlte sich einsam. Viktoria beschwor Bella, ein neues Leben anzufangen, einen netten Mann zu heiraten und eine Familie zu gründen. Aber das kam für Bella nicht in Frage. Sie wollte auf Viktoria warten.

Viktoria war hin- und hergerissen. Einerseits wünschte sie sich, dass Bella glücklich wurde – andererseits schmerzte sie die Vorstellung, jemand anderes könnte ihren Platz an Bellas Seite einnehmen. Eines stand für sie fest: Sie beide würden nach ihrer Haft nicht mehr dieselben sein. Fünf Jahre waren eine lange Zeit. Zu lang für so junge Menschen wie sie.

»Bella, wie geht es ... ähm... deinen Verletzungen?« Viktoria blickte in Bellas Schritt.

Bella schaute beschämt zu Boden. »Nicht gut, ich spüre da nichts mehr. Es ist ... tot. Leer. Kaputt. Und bei dir?«

»Genauso«, antwortete Viktoria bedrückt. »Ich weiß nicht, ob ich jemals darüber hinwegkommen werde.«

Sie weinten gemeinsam. Ganz leise, kaum hörbar. Es war tröstlich, diesen Schmerz miteinander zu tragen.

Viktoria gewöhnte sich nur langsam an ihr neues Leben im Gefängnis. Echte Freundschaften existierten hier nicht. Jede Frau kämpfte für sich. Es herrschten Gewalt und Chaos. Für Viktoria war es die Hölle.

Sie wusste: Um hier einigermaßen unbeschadet hinauszukommen, musste sie hart sein. Nicht nur körperlich. Die anderen hatten schon lange bemerkt, dass sie psychisch verwundbar war. Deshalb wurde sie regelmäßig schikaniert. Man klaute ihr die Mahlzeiten vom Teller, spuckte ihr ins Essen und machte sich über sie lustig.

So kann das nicht weitergehen, dachte Viktoria. Also versuchte sie, Freundschaften zu knüpfen, aber das ließ Tonja nicht zu. Sie befahl den Frauen, Viktoria zu ignorieren. Sie gehorchten. Niemand wollte ein Risiko eingehen – schließlich hatten einige von ihnen Tonjas harten Kinnhaken schon zu spüren bekommen.

Doch wenn Tonja einmal nicht hinsah, wechselte Viktoria ein paar Worte mit den Frauen. So erfuhr sie, dass die meisten, entgegen ihrer Vermutung, aus harmlosen Gründen ins Gefängnis gekommen waren.

Entweder sie verbüßten eine Strafe wegen unsittlichen Verhaltens, oder sie waren inhaftiert worden, weil sie aus Not einen Diebstahl oder eine ähnliche Tat begangen hatten. Nicht umsonst wurde das Gefängnis auch »Weiberarbeitsanstalt« genannt. Die Frauen wurden hier teilweise sogar ohne Gerichtsurteil eingeliefert und dann »administrativ versorgt«.

Das waren die mit den braunen Kleidern. Einige von ihnen hatten schon Kinder zur Welt gebracht. Uneheliche Kinder. Teilweise waren diese durch Vergewaltigung gezeugt worden. Diese jungen Mütter wurden gezwungen, ihr Kind zur Adoption freizugeben, und danach wurden sie wegen ihres Lebenswandels im Gefängnis verwahrt. Auf unbestimmte Zeit. Viktoria verstand, warum diese Frauen so traurig waren. Andere braun Gekleidete wiederum hatten ihren gewalttätigen Ehemann verlassen oder sich gar scheiden lassen. Und zwei Schwestern waren hier eingeliefert worden, nachdem ihr Vater gestorben war. Die Behörden hatten entschieden, dass die Mutter sich nicht um die Kinder kümmern konnte. Zwei Brüder von ihnen waren ebenfalls fremdplatziert worden. Die Mutter wusste nicht einmal, wohin. Grausam, dachte Viktoria. Sie haderte zusehends mit ihrem Schicksal. Mutter und Roger Fehr hatten also recht gehabt. Dasselbe Schicksal hätte ihr und Anna geblüht, wenn Mutter nicht gehandelt hätte. Viktoria hatte den Verdacht, dass das Verschwinden des Vaters etwas mit der Kühltruhe im Keller zu tun hatte. Man musste eben tun, was man tun musste. Sie seufzte, als sie an ihre tapfere Mutter dachte.

Dann machte das Gerücht die Runde, eine gewisse Pi würde in den nächsten Tagen wieder eingeliefert werden. Einige der Frauen waren stets über alles informiert. Viktoria wunderte sich immer wieder, wie gut der Flurfunk funktionierte. Fast jede kannte Pi und fürchtete sie. Tonja sprach mit größtem Respekt von ihr. Wenn sogar sie kleinlaut wird, muss diese Pi ein echtes Schwergewicht sein, dachte Viktoria.

»Pi kommt bestimmt in deine Zelle«, sagte ihr Tonja beim Vorbeigehen voraus. »Sie wird deine Muschi fressen!« Sie lachte schallend.

Viktoria war angst und bange. Ihre Zelle war bisher der einzige Ort gewesen, an dem sie sich sicher fühlte. Diese Zeiten waren wohl bald vorbei. Viktoria schlief kaum noch. Albträume plagten sie. Nie war ihre Verzweiflung größer gewesen.

Dann kam der Tag, an dem Pi inhaftiert wurde. Beim Mittagessen stieß sie zu ihnen. Ihr Haar war kurzgeschnitten, ihre Augen groß und strahlend blau.

Viktoria kannte sie.

Das war Priska!

Am liebsten hätte Viktoria ihren Namen laut hinausgeschrien. Doch als sie ihren strengen Blick sah, schaute sie sofort zu Boden.

»Na, Mädels, wie war's ohne mich?«, fragte Pi die Mitinsassinnen.

»Wir haben dich sehr vermisst«, säuselte Tonja. »Wie schön, dass du wieder da bist! Was hast du denn diesmal ausgefressen?« Viktoria hätte kotzen können. Rutsch nicht auf deiner eigenen Schleimspur aus!, wollte sie ihr zurufen – aber sie beherrschte sich und schwieg.

Pi antwortete: »Ich habe Putzmittel ins Aquarium meines Chefs geschüttet. Wenig später schwammen all seine geliebten Fische mit dem Bauch nach oben. Das hat er nun davon! Nie war es ihm sauber genug. Jetzt ist es sauber. Für immer!«

Sie prusteten vor Lachen.

»Was gibt es Neues?«, fragte Pi. »Wer möchte zuerst beichten?«

»Das Übliche ... und wir haben eine Neue«, erwiderte Tonja und schaute verächtlich zu Viktoria. »So wie es aussieht, wirst du mit ihr das Zimmer teilen müssen – aber wenn du möchtest, kann ich mit dir tauschen. Du weißt, ich habe meine Beziehungen.« Sie zwinkerte vielsagend.

Viktoria konnte nur ahnen, was sie damit meinte.

»Nein, lass nur«, antwortete Pi. »Du weißt, ich mag Frischfleisch. Die Neue gehört mir.« Sie schaute den anderen direkt in die Augen. Keine wagte zu widersprechen. Alle wussten, dass sie Viktoria nun in Ruhe lassen mussten. Auch Tonja.

Viktoria war sich nicht sicher, was für ein Spiel Priska spielte. Am Abend würde sie es erfahren.

Die Nacht brach herein, und alle Frauen wurden wie immer in ihre Zellen eingeschlossen. Viktoria schlug das Herz bis zum Hals. Das Licht wurde gelöscht. Da kroch Priska zu Viktoria unter die Decke. Viktoria wurde stocksteif. Was würde nun passieren?

»Entspann dich«, flüsterte ihr Priska ins Ohr. »Die anderen dürfen uns nicht hören.« Dann umarmte sie Viktoria und sagte: »Du glaubst nicht, wie sehr ich mich freue, dich zu sehen.« »Ach Priska. Ich habe nicht verstanden, warum du heute so garstig zu mir warst. Ich wusste nicht, ob du dich verändert hast und mich noch magst.« Viktoria war in der kurzen Zeit, die sie hinter Gittern war, komplett verunsichert. Ihr Selbstbewusstsein war nur mehr ein kleines Häufchen.

»Ich habe sofort geschnallt, dass du hier das Opfer bist. Deshalb meine klare Ansage. Du wirst sehen. Ab sofort hast du Ruhe.« Priska drückte Viktoria einen Kuss auf die Wange.

Viktoria entspannte sich allmählich und erinnerte sich an den Tag, an dem sie verschwunden war. »Sag mal, Priska. Was ist damals passiert, als du plötzlich weg warst?«

»Erinnerst du dich an meine Eltern? Sie waren mit mir heillos überfordert ... oder eher mit sich selbst. Sie haben mich in eine Erziehungsanstalt einweisen lassen und mir jeden Kontakt zu meinen Freunden untersagt. Ich habe so oft an dich und deine Mutter gedacht!« Priska sagte das mit Bedauern.

»Ich habe mir so was gedacht. Damals hoffte ich, dass ich dich eines Tages wiedersehen würde. Wer hätte gedacht, dass ich dazu ins Gefängnis muss?« Sie grinsten beide. Die Situation war absurd.

»Sag, was machst du hier? Was ist geschehen?« Priska war gespannt.

Viktoria erzählte ihre Geschichte. Sie plauderten bis tief in die Nacht, bis sie einschliefen. So lief es die nächsten Nächte. Viktoria freute sich tagsüber auf den Moment, in dem die Schlüssel gedreht wurden.

»Wie bist du aus der Erziehungsanstalt gekommen?«, fragte Viktoria.

»Ich habe mich an alle Regeln gehalten, habe mich gefügt, mich bestens verhalten. Als ich als geheilt galt, wurde ich entlassen. Da war ich volljährig und musste nicht mehr nach Hause.« Priska lachte dabei.

Viktoria pfiff anerkennend. »Wo bist du hin? Hast du gearbeitet?«

Priska drehte sich zu Viktoria. »Erinnerst du dich noch daran, als ich meine Sexualität entdeckt habe?«

Viktoria kicherte. »Klar, wie könnte ich das vergessen? Du konntest es doch kaum erwarten, mit einem Mann zu schlafen.«

»Nicht nur das!« Priska grinste amüsiert. »Ich ließ meinen Fantasien völlig freien Lauf und wollte alles erleben, was mich reizte. Ich ging auch zu Sexpartys, um auf meine Kosten zu kommen. Ich war dominant und sagte den Männern, was sie zu tun hatten. Du kannst dir nicht vorstellen, wie viele Männer darauf stehen. Jedenfalls entwickelte sich daraus schnell ein Geschäft und ich hab richtig viel Kohle gemacht. Für mich war das ein herrliches Vergnügen.

Als mich ein Kunde schlug und ausraubte, erkannte ich, dass ich mich besser schützen musste. Einen Zuhälter, der mir das Geld abnimmt, wollte ich nicht. Also tat ich mich mit ein paar Kolleginnen zusammen und wir eröffneten ein kleines, stilvolles Studio und boten unsere Dienste an. Wir heuerten Männer an, die uns beschützten. Das funktionierte eine Zeit lang gut, bis die Polizei davon Wind bekam.« Viktoria hörte Priska gebannt zu. Diese fuhr fort:»Natürlich war es verboten, ein solches Studio zu führen. Sie sagten, sie würden uns festnehmen, wenn wir uns ihnen nicht kostenlos zur Verfügung stellen würden. Am Anfang waren es nur ein paar wenige. Als später jedoch das halbe Dezernat bei uns verkehrte, mussten wir dem Gratisverkehr einen Riegel vorschieben. Danach ging alles sehr schnell und wir landeten allesamt im Gefängnis.«

»Ja, die Sittenpolizei.« Viktoria schüttelte den Kopf.

»Weißt du, was danach mit unserem Bordell passierte?«

Priska atmete tief ein, bevor sie fortfuhr:»Die Schwester des Polizisten, der mich eingebuchtet hatte, übernahm das Geschäft. Sie blieb unbehelligt.«

Viktoria wurde die Ungerechtigkeit dieser Welt einmal mehr vor Augen geführt.»Was passierte dann?«

»Nachdem ich ein paar Tage in Untersuchungshaft verbracht hatte, wurde ich wieder freigelassen. Glücklicherweise hatte ich einen guten Anwalt, der mir noch einen Gefallen schuldete. Er hat behauptet, dass ich die Putzfrau des Studios gewesen und auf das Geld angewiesen war. Ich hätte keine weiteren Dienste angeboten. Der Richter nahm es ihm ab.«

Sie grinsten beide.

Viktoria griff nach Priskas Hand.»Priska, du bist ein schlauer Fuchs. Ich habe immer gewusst, dass aus dir etwas wird!«

Sie hörten Schritte. Vor Schreck hielten sie die Luft an.

Die Schritte wurden leiser. Nur ein Kontrollgang.

»Warum bist du wieder hier?«, flüsterte Viktoria in die Stille hinein.

»Das Studio gab es nicht mehr und ich hatte die Lust an der Sexarbeit verloren. Ich wollte einer anständigen Arbeit nachgehen. Leider gibt es da draußen keine Arbeit für Ex-Häftlinge. Nicht einmal eine Näherei wollte mich einstellen, obwohl ich dieses Handwerk beherrsche. Nach intensiver Suche erhielt ich dann doch eine Arbeit als Putzfrau in einem eleganten Büro. Sie war sogar gut bezahlt. Ich kniete mich in die Arbeit. Das ganze Büro war mit Teppichen ausgelegt. Die musste ich täglich saugen und die Fransen geradekämmen. Der Chef hatte ein großes Aquarium. Die Algen und Futterreste musste ich entfernen. Das war eklig. Die Toiletten waren nach meiner Arbeit stets blitzblank. Doch für den Chef war es nie sauber oder exakt genug. Um mich zu bestrafen, rechnete er mir am Monatsende vor, warum er mir nicht den vollen Lohn zahlen konnte. Also erhielt ich jeweils nur einen Bruchteil von dem, was mir zustand. Als ich mich einmal beklagte, drohte er mir mit Rauswurf«, erklärte Priska mit einem Achselzucken. »Ich gab weiterhin mein Bestes. Aus Versehen kippte ich einmal anstatt der Vitamine Putzmittel ins Aquarium. Glaub mir, ich hab's nicht absichtlich gemacht. Die Fische konnten nichts dafür, dass ihr Besitzer ein Arsch war. Er meldete es bei der Polizei und gab zusätzlich an, dass ich Geld aus seiner Geldbörse gestohlen hatte. Als mir die Polizeibeamten den Haftbefehl zeigten, wehrte ich mich nicht. Ich wurde verurteilt. Nur diese Taten hätten keine Haftstrafe nach sich gezogen. Aber da ich wegen anderer Delikte einsitzen musste und auf Bewährung raus war, muss ich nun den Rest der Strafe absitzen.«

Viktoria schüttelte den Kopf:»Die Gesellschaft ist grausam.«

»Ja«, meinte Priska.»Und ich bin langsam müde. Ich habe keine Perspektive. Das ist kein Leben.«

Viktoria streichelte Priska übers Haar.»Lass uns schlafen und morgen weiterreden«, sagte sie und fügte tröstend hinzu: »Ich bin froh, dass du da bist.«

Sie kuschelten sich aneinander. Das erste Mal, seit Viktoria im Gefängnis saß, spürte sie so etwas wie ein Gefühl von Geborgenheit.

Viktoria stand unter dem Schutz von Pi. Die anderen Frauen trauten sich nicht einmal mehr, sie schief anzusehen. Alle dachten, Viktoria sei so etwas wie Pis Geliebte. Niemand ahnte, dass sich die beiden bereits seit ihrer Kindheit kannten.

Viktoria genoss den neu gewonnenen Respekt der Frauen. Sogar Tonja grüßte sie jetzt grimmig – doch Viktoria beachtete sie kaum. Süße Rache!

Viktoria wurde nachdenklich und realisierte, dass sie sich dabei nicht wohlfühlte. Hatte sie sich so sehr verändert, dass sie andere quälen und ihnen das Leben schwer machen wollte? Das gefiel ihr ganz und gar nicht.

Bei Gretas nächstem Besuch erzählte Viktoria von ihrem Wiedersehen mit Priska.

»Das ist wundervoll!«, freute sich Greta.»Obwohl es dafür natürlich schönere Orte gäbe als ein Gefängnis.«

Dann musterte sie Viktoria besorgt.»Du siehst anders aus als sonst ... wirkst so nachdenklich. Was ist denn los, Vicky?«

Viktoria hob den Blick.»Mama, was soll ich tun? Ich werde im Gefängnis hart, niederträchtig, brutal, böse.«

»Hm...«, überlegte Greta.»Hast du eine Ahnung, woher das kommt?«

»Ich weiß es nicht genau.« Viktoria war ratlos. Sie schwiegen eine Weile.

»Weißt du, woran mich mein Verhalten erinnert?«, fragte Viktoria plötzlich.

»Sag's mir.« Greta horchte gespannt.

»Bella war so, als ich sie kennen gelernt habe. Als sie verzweifelt war und resigniert hatte. Sie hatte sich aufgegeben und war nur noch frustriert. Ich glaube, mir geht es jetzt so, wie es ihr damals ergangen ist.«

»Ah, das macht Sinn. Was hättest du ihr in dem Moment geraten?« Greta merkte, dass Viktoria etwas auf der Spur war, was ihr helfen könnte.

»Ich sagte ihr, sie soll zum Teufelsweib werden.« Viktoria lächelte.

»Teufelsweib?« Greta war verwirrt.

Viktoria erklärte es ihr:»Teufelsweib gleich Teufelskerl, aber weiblich und mit Charme.« Jetzt grinsten beide.

»Du bist großartig, Mädchen. Dann weißt du jetzt, was du zu tun hast.« Greta war begeistert.

»Nein, weiß ich nicht, aber ich finde es heraus.« Viktoria war zuversichtlich.

Die Besuchszeit war vorbei. Sie verabschiedeten sich und Viktoria ging guter Dinge zurück in ihre aktuelle Realität.

In der Nacht besprach sie sich mit Priska. »Sag, ist es nicht schrecklich, wie wir hier miteinander umgehen? Wir beleidigen, verletzen, quälen uns – auch ich bin hart geworden. Ich will so nicht sein! Meinst du nicht auch, wir sollten etwas verändern?«

Priska seufzte resigniert. »Nein. Es ist, wie es ist. Wir müssen lernen, damit zu leben.« Damit war das Thema für sie erledigt.

Viktoria war entsetzt. Nein! Das konnte doch nicht sein! Sie schaute Priska trotz des schummrigen Lichts direkt in die Augen. »Hör mir gut zu.« Priska war ganz Ohr. »Ich bin sehr glücklich, dass ich dich wiedergefunden habe. Ich finde dich fantastisch. Du bist eine spannende Frau. Schau, was du alles erlebt hast – andere wären daran zerbrochen. Du nicht ... ganz im Gegenteil. Du bist dir immer treu geblieben. Ich kenne kaum jemanden, der so stark ist wie du.«

»Ach ja?« Priska lächelte überrascht. »Findest du?«

Viktoria ließ die Worte nachhallen. Nach einer kurzen Pause fragte sie nach: »Wie geht es dir mit dem, was ich eben gesagt habe?«

»Na ja, es fühlt sich ... gut an.« Priska war es etwas peinlich.

»Ach Priska. Liebe Worte tun jedem gut. Ich glaube, dass Worte eine enorme Wirkung haben. Auch hier im Gefängnis.« Viktoria schaute verträumt.

»Du bist eine unverbesserliche Romantikerin«, lachte Priska.

»Du glaubst daran, dann tu's einfach.«

»Du hast recht. Ich fange gleich morgen damit an.« Viktoria war aufgeregt und konnte lange nicht einschlafen.

Viktoria begegnete den Kolleginnen von da an freundlicher und machte ihnen Komplimente. Sie versuchte sich sogar Tonja anzunähern – doch diese verzog das Gesicht und stapfte davon. Die meisten reagierten ablehnend.

»Halt die Fresse«, sagte eine der jungen Frauen.

Viktoria war enttäuscht. Es lief nicht wie erhofft. Beim Mittagessen bat sie Pi um ihre Unterstützung. Gemeinsam setzten sie sich zu den anderen. Viktoria nahm ihren Mut zusammen und fragte direkt in die Runde: »Sagt mal, wenn ich euch etwas Nettes sage, findet ihr das nicht schön?«

»Wir vertrauen dir nicht«, sagte Tonja. »Was willst du von uns? Keiner ist einfach so nett.«

»Genau, warum tust du das?«, warf eine andere ein.

»Ich dachte, wenn schon die ganze Welt gegen uns ist, dann könnten zumindest wir zusammenhalten und uns das Leben erleichtern«, antwortete Viktoria. »Aber das war wohl ein dummer Gedanke.«

»Stimmt, ich habe selten so was Dummes gehört.« Tonja stand auf und schaute ihre Clique an. »Ich bin jedenfalls raus. Was ist mit euch?«

Ihre Anhängerinnen waren verunsichert. Schließlich standen sie auf und folgten ihr. Nur Pi und drei andere Frauen blieben sitzen. Viktoria schaute beschämt zu Boden.

Eine ältere Frau, die schon lange hinter Gittern saß, munterte Viktoria auf: »Ehrlich gesagt, ich würde es schön finden, wenn wir netter miteinander umgehen würden. Diese ständigen Streitereien nerven mich. Viktoria, wenn du willst, werde ich es zusammen mit dir versuchen.«

Viktoria lächelte. »Echt? Du machst mit?«

»Ich auch«, sagte Pi. »Es schadet bestimmt nicht, etwas Neues auszuprobieren. Du kannst auf mich zählen, Viktoria. Gib ihnen Zeit. Nur wenige von ihnen sind in einem warmherzigen Zuhause aufgewachsen.«

Viktoria dachte nach. Sie hatte mit ihren Eltern großes Glück gehabt, das stimmte. Dass sie in einem liebevollen Umfeld aufgewachsen war, war wirklich nicht selbstverständlich. Sie vermisste ihre Familie. Ihr Herz war schwer.

Pi hatte recht. Sie musste sich in Geduld üben. Die Stimmung unter den Frauen besserte sich allmählich. Viktorias Zuversicht wuchs. Sie war nicht mehr so verbittert und nahm vieles leichter. Der Kreis wurde größer. Schließlich waren es sieben Frauen, die sich auf Viktorias Idee einließen, einige verhielten sich neutral, und andere wiederum gingen auf größtmöglichen Abstand. Viktoria war ihrem Ziel, friedlich miteinander umzugehen, einen Schritt näher.

Endlich war wieder Besuchstag. Bella hatte versprochen, zu kommen. Viktoria freute sich. Ihre Freundin sah gut aus.

»Hallo, mein Schatz.« Viktoria schaute Bella verliebt an.

»Hey, meine Liebe«, hauchte Bella zärtlich.

Ohne Worte blickten sie einander tief in die Augen. Sie sogen diese Nähe auf.

»Warum trägst du denn Schwarz?«, fragte Viktoria.»Obwohl dir das Kleid ausgezeichnet steht«, fügte sie augenzwinkernd hinzu.

»Solange du im Gefängnis sitzt, werde ich schwarz tragen. Wenn du freikommst, trage ich ein weißes Kleid ... wie eine Braut!« Wehmut lag in Bellas Stimme.

Es zerriss Viktoria fast das Herz.»In diesem Fall werde ich wohl bei der nächstbesten Gelegenheit ausbrechen müssen«, versuchte sie zu scherzen. Beide lächelten gequält.

Dann begann Viktoria von Priska zu erzählen. Bella wollte alle Details wissen. Es beruhigte sie zu sehen, wie lebendig Viktoria von ihrer Freundin sprach.»Ich freue mich, dass es dir besser geht, und ich hoffe, ich lerne Priska eines Tages kennen.«

»Wie geht es dir?«, fragte Viktoria nach.»Du wirkst bedrückt.«

»Ach«, sagte Bella ausweichend.

»Sag schon. Sonst mach ich mir Sorgen!« sagte Viktoria liebevoll.

»Konrads Testament wurde eröffnet. Du wirst nicht glauben, was drinstand.« Bella regte sich auf.

»Was denn?« Viktoria wusste, es konnte nichts Gutes sein

»Er hat Adalbert die Stadtvilla vermacht. Ich fasse es nicht.« Bella war außer sich.

»Wie bitte? Aber die gehört doch dir! Die hast du von deinem Vater geerbt, das ist Familienbesitz!« Viktoria war jetzt genauso aufgebracht und fluchte.

»Schon klar, aber wir müssen jetzt das Testament anfechten, und das dauert seine Zeit.«

»Und was sagt Adalbert dazu?« Viktoria wollte es genau wissen, um ihn einschätzen zu können.

»Nun, bei der Beerdigung war er untröstlich. Immerzu hat er gejammert, wie sehr er leide, da er seinen geliebten Bruder durch ein solch ungeheures Verbrechen verloren hatte. Die wenigen Male, die wir uns sahen, war er jedoch ausgesprochen nett ... sogar liebenswürdig. Ich dachte, Konrads Tod hätte ihn verändert.«

»Oh, Bella!«, rief Viktoria und schlug die Hände über dem Kopf zusammen. »Immer glaubst du an das Gute im Menschen.«

»Du doch auch«, gab Bella zurück. Beide grinsten.

»Wie ging es weiter?« Viktoria kam aufs Thema zurück.

Bella seufzte und blickte zu Boden. »Kürzlich überraschte er mich und kam spontan zu Besuch. Er brachte Blumen mit und machte mir Avancen. Er meinte, da ich jetzt Witwe sei, könnte ich ihn heiraten – dann bliebe alles in der Familie. Als ich ihm jedoch sagte, dass ich das nicht will, wurde er handgreiflich. Ich erschrak und wehrte mich. Ich packte den Stocher von der Feuerstelle und holte aus. Ich schrie ihn an. Charlotte hörte uns und stürzte ins Zimmer. Wir haben ihn zum Teufel gejagt.«

»Oh mein Gott! Gut gemacht.« Viktoria schaute Bella stolz an. »Du wirst immer stärker, Bella. Großartig.«

Bella fühlte sich geschmeichelt. »Draußen hat er laut geschrien und mir angedroht, dass er bald ins Haus einziehen und mich auf die Straße stellen würde.«

Viktoria war sichtlich betroffen von Bellas Worten.

»Meine arme Maus. Es tut mir so leid, dass du dich jetzt mit diesem Mist herumschlagen musst.«

»Tja, da muss ich wohl durch«, erwiderte Bella mit belegter Stimme. »Ich habe meinen Anwalt und Notar Schöni gebeten, Vollgas zu geben, damit die Anfechtung des Testaments möglichst schnell vonstattengeht.«

Viktoria dachte nach.

»Bella, hast du dir überlegt, wieder zu heiraten? Dann hättest du weniger Sorgen.« Viktoria wollte nur das Beste für Bella.

Bella schaute sie empört an und zischte beleidigt: »Du weißt, dass das für mich nicht in Frage kommt. Ich will davon nichts hören!«

»Ist ja schon gut«, meinte Viktoria beschwichtigend. »Das war eine blöde Idee«, entschuldigte sie sich. Sie wechselte das Thema: »Übrigens, hast du Charlotte inzwischen von uns erzählt?«

»Noch nicht«, antwortete Bella. »Aber bald. Schließlich ist sie meine engste Vertraute. Ich frage mich, wie sie wohl reagieren wird. Womöglich wird sie schockiert sein, wenn sie davon erfährt ... aber wer weiß, vielleicht freut sie sich ja sogar für uns.« Bella war verunsichert.

»Ja, das wäre schön ... und du weißt: Mama ist immer für dich da.« Viktoria schaute Bella liebevoll an.

Bella nickte. »Greta ist ein Goldschatz.«

Die Besuchsstunde war um. Viktoria stand auf, schaute nochmals zurück. Sie zwinkerte Bella noch einmal zu, bevor sie aus der Tür verschwand.

Die Stimmung in Viktorias kleiner Gruppe – sie waren unterdessen schon zehn – wurde entspannter. Nach einem Streit versöhnten sie sich, sie respektierten sich mehr und das Vertrauen unter den Frauen wurde stärker. Viktoria erhaschte manchmal einen sehnsüchtigen Blick von Tonjas Anhängerinnen. Sie schaute jeweils liebevoll zurück.

Viktorias Frauen nutzten insbesondere die Essenszeit, um sich auszutauschen, aufzubauen und einander zuzuhören. Dabei erzählten einige der »administrativ Verwahrten«, dass sie am liebsten für immer im Gefängnis bleiben würden. Da draußen hätten sie keinen Ort zum Wohnen und keine Arbeit – oder nur schlecht bezahlte, bei der sie zudem ausgenutzt oder misshandelt würden. Sie hätten keine Zukunft, sagten sie.

Den anderen Insassinnen ging es ähnlich – und auch Priska sah für sich keine andere Perspektive, das wusste Viktoria.

»Das kann doch einfach nicht wahr sein«, sagte sie bestürzt. »Frauen leben in dieser Gesellschaft wie Trapezkünstler – ohne Netz und doppelten Boden. Wenn sie fallen, fängt sie nichts und niemand auf!«

»Beruhige dich«, meinte Tonja beschwichtigend. »So ist es nun mal. Unser Pech, dass wir als Frauen geboren wurden. Die Männer haben die Macht. Uns bleibt nichts anderes übrig, als uns ihnen unterzuordnen und zu versuchen, irgendwie durchs Leben zu gehen. Das Gefängnis ist dafür nicht einmal der schlechteste Ort. Wir haben ein Dach über dem Kopf und bekommen täglich etwas zu essen. Was will man mehr?«

Die anderen nickten zustimmend. Tonja stand mit ihrer Clique auf und liess Viktoria zurück.

Doch in Viktoria brodelte es. »Lasst uns einen Pakt schließen. Wenn wir hier rauskommen und die Möglichkeit haben, unser Leben zu verändern, werden wir es auch tun! Wir springen diesen Teufeln vom Karren, besiegen sie und werden zu Teufelsweibern!«

»Teufelsweiber? Dann sind wir nicht besser als die Männer«, meinte eine der Frauen.

»Das stimmt, wir wollen keine Schlacht führen, die nie endet«, pflichtete ihr Priska bei – doch das ließ Viktoria nicht gelten.

»Versteht doch ... als Teufelsweiber sind wir nicht Teil der Hölle. Wir verschaffen uns lediglich einen Zugang zu ihr. Wir betreten sie, bringen Wohlwollen, Aufrichtigkeit, Gerechtigkeit und Licht an diesen dunklen Ort. Wie die Erzengel fliegen wir zwischen Himmel und Hölle ...« Viktoria hüpfte und breitete die Arme aus, als wollte sie fliegen.

»Du bist verrückt!« Die Frauen lachten.

»Du bist so süß«, grinste Priska. »Und wenn wir im Himmel sind, heiraten wir alle einen Prinzen.«

Nun musste auch Viktoria lachen. »Ich weiß, es klingt absurd ... aber ich glaube wirklich, dass wir etwas verändern können.« Die Wärterinnen wurden auf sie aufmerksam.

»Scht... wir müssen leise sein«, ermahnte Pi die aufgeregten Frauen. Sie blieben einen Moment ruhig, bis die Wärterinnen wieder miteinander quatschten.

Viktoria flüsterte mit erhobener Hand: »Hiermit verspreche ich, dass ich mein Leben zum Besseren verändern werde, wenn mir die Chance dazu gegeben wird. Wer ist dabei?« Sie schaute fragend in die Runde.

Die Frauen verstanden, dass Viktoria es ernst meinte – zugleich wussten sie, dass sie ihr ein solches Versprechen nicht geben konnten. Ungeachtet dessen wollten sie wenigstens daran glauben, dass auch für sie noch Grund zur Hoffnung bestand. Schließlich war auch das ein erster Schritt aus der Misere – und das wollten sie sich nicht nehmen lassen. Geschlossen stimmten die zehn Frauen dem Pakt zu.

»Ein Pakt muss besiegelt werden, sonst ist er nicht gültig«, meinte Pi. »Ich habe auch schon eine Idee ... heute Abend erzähle ich euch mehr«, fügte sie geheimnisvoll hinzu. Die Mittagszeit war vorüber.

Viktoria war neugierig. Sie konnte den ganzen Nachmittag an kaum etwas anderes denken. Was hatte Priska vor?

Endlich war es Zeit für das Abendessen. Die Frauen holten sich ihre Mahlzeiten und setzten sich an den Tisch. Alle Augen waren auf Priska gerichtet. Sie packte ein kleines Bündel aus – darin lagen ein Feuerzeug, eine Nadel und eine Tintenpatrone.

»Wir werden uns heute ein richtiges Tattoo stechen!«

»Eine Tätowierung? Tut das nicht weh?«, meinte eine der Frauen erschrocken.

»Schsch... leise«, mahnte Pi. »Jede von uns bekommt einen schwarzen Punkt ans obere Ohrläppchen tätowiert ... damit man ihn auch dann sieht, wenn wir Ohrringe tragen. Anderen wird der Punkt kaum auffallen, aber wir werden uns damit immer und überall wiedererkennen. Das ist unser geheimes Zeichen.«

Jetzt war es still. Die Frauen wagten kaum zu atmen.

»Wer möchte als Erste?«, fragte Pi in die Runde.

»Ich«, antwortete die Jüngste. Die anderen schauten sie bewundernd an.

Priska nahm die Nadel, desinfizierte diese mit der Flamme des Feuerzeugs, tunkte sie in die Tinte und stach die Nadel ins weiche Ohrläppchen der jungen Frau. Die machte keinen Mucks, aber ihr Gesicht wurde feuerrot. Nach ein paar Sekunden war alles vorbei. Dann kamen die anderen Frauen an die Reihe.

Was würden Bella und Mama wohl dazu sagen, fragte sich Viktoria – aber auch sie hielt ihr Ohr hin. Sie biss die Zähne zusammen, als sie den Schmerz des Einstiches spürte. Wenig später saßen alle mit einem roten Ohrläppchen und mit stolzgeschwellter Brust am Tisch. Sie besaßen ein gemeinsames Zeichen, das sie zeit ihres Lebens miteinander verbinden sollte.

»Jetzt sind wir die Teufelsweiber. Auf diese Weise werden wir auch künftige Insassinnen in unseren Kreis aufnehmen. Priska, du bist ab jetzt die Hüterin unseres Rituals. Wenn du einmal entlassen wirst, gibst du die Aufgabe an eine andere Frau weiter. Einverstanden?« Viktoria schaute jeder Einzelnen in die Augen. Mit einem klaren Nicken gaben die Frauen ihre Zustimmung.

Von da an waren sie nicht mehr nur Kolleginnen, sondern so etwas wie Schwestern, die vom Schicksal zusammengeführt worden waren. Noch am darauffolgenden Tag schwebten sie alle mit gerötetem Ohrläppchen und grinsendem Gesicht durch die Gänge des Gefängnisses. Auf einmal hatte das Grau ihres Alltags eine neue Schattierung erhalten, die beinahe eine Farbe vermuten ließ.

Viktoria beschlich hin und wieder ein leises Glücksgefühl, wenngleich sie nie ganz unbeschwert war. Zu schwer wog die Erinnerung an die Vergewaltigung.

Sie wusste in der Zwischenzeit, dass sie Priska vertrauen konnte, und berichtete ihr von ihren Erlebnissen. »Seit dieser Sache mit Konrad spüre ich meinen Körper nicht mehr. Du weißt schon, die Vergew...« Viktoria konnte das Wort kaum aussprechen – doch Priska verstand.

Sie erzählte Viktoria von ihren Reisen nach Indien. Sie hatte einige Zeit im Ashram in Puna verbracht. Dort habe sie nicht nur gelernt zu meditieren, sondern auch sich selbst und ihren Körper neu zu entdecken. Sie hatte verschiedene Tantra-Kurse besucht und gelernt, dass die Sexualität eine der wichtigsten Energiequellen des Menschen ist.

»Wenn wir mit Tabus konfrontiert werden oder uns Gewalt widerfährt, versiegt diese Quelle. Deswegen spürst du deinen Körper nicht mehr«, erklärte Priska. »Das ist wirklich schade – schließlich sind wir sinnliche Wesen. Es lohnt sich, in den Schmerz zu gehen und durch Bewegungsmeditationen und andere Rituale das zu heilen, was zerstört wurde.«

Viktoria verstand nur Bahnhof und fragte nach, bis sie kapierte, was Priska meinte. Verdrängung war keine Lösung.

»Schließ deine Augen«, sagte Priska. »Spür in deinen Körper. Was nimmst du wahr, wenn du an diese Erlebnisse denkst?«

Viktoria tat, wie ihr geheißen, und hörte in sich hinein. »Mein Körper ist steif, ich kann kaum atmen.« Nach einer kurzen Pause fuhr sie fort. »Ich spüre so etwas wie einen Panzer vor meiner Vagina. Sie ist verschlossen. Ich kann mich dort nicht einmal selbst berühren.« Viktoria schluckte. Tränen stiegen ihr in die Augen. »Wenn ich Briefe von Bella erhalte, öffnet sich mein Herz ... aber bevor ich überhaupt so etwas wie Lust verspüren kann, erstarre ich wieder und bekomme Angst.«

»Gut, wie du dich wahrnimmst«, sagte Priska mit ruhiger Stimme. »Wenn du möchtest, helfe ich dir, diese Wunde durch Berührung zu heilen.«

»Ist es etwas Sexuelles? Das möchte ich nämlich nur mit Bella erleben, sonst wäre das für mich ein Betrug.« Viktoria war verunsichert.

»Nein, es ist keine sexuelle, sondern eine absichtslose Berührung. Es geht darum zu entspannen und einfach sein zu dürfen. Auf diese Weise wird deine Vagina in Geborgenheit und Vertrauen mit heilender Energie genährt.«

»Darf ich auch abbrechen, wenn ich mich nicht wohlfühle?«

»Ja, natürlich. Du bestimmst zu jedem Zeitpunkt, was geht und was nicht geht«, sagte Priska sanft.

»Okay. Ich will es versuchen. Muss ich mich ausziehen?«

»Nein. Du behältst deinen Pyjama an. Leg dich auf den Rücken und stell deine Füße auf. Mach es dir bequem.« Priska setzte sich zwischen ihre Beine. »Jetzt werden wir gemeinsam tief ein- und ausatmen. Stell dir vor, du atmest durch deine Vagina ein, ziehst die Luft bis zu deinem Herzen hoch und atmest sie dann ruhig wieder aus.«

Viktoria lauschte Priskas Worten und bemerkte, wie sich ihr Becken entspannte. Sie atmeten ein paar Minuten auf diese Weise ein und aus.

»Ich gebe dir meine Hand, und du führst sie zur Yoni ... so wird die Vagina im Tantra genannt«, erklärte Priska. Viktoria tat, wie ihr geheißen. Sie nahm sich Zeit.

»Gut so«, ermutigte sie Viktoria, »und jetzt atmest du ganz tief weiter. Nichts anderes als atmen.«

In dem Moment, als Priskas Hand Viktorias Yoni berührte, verkrampfte sich Viktoria völlig. Die Berührung war zart, aber das war bereits zu viel. Viktoria atmete schwer und stieß die Hand weg.

»Das ist gut, Viktoria. Du bestimmst, wie viel Berührung du wie lange zulässt.« Priska übte keinen Druck aus, forderte nichts. Das war für Viktoria wohltuend.

»Atme weiter. Du warst heute sehr mutig und hast die erste Berührung zugelassen. Du warst nicht ohnmächtig, hast dich gewehrt und wurdest gehört. Du gewinnst wieder an Macht über dich und deinen Körper. Wenn du bereit bist und fortfahren möchtest, gibst du mir Bescheid. Bis dahin kannst du dich auf die Atemübung konzentrieren. Dadurch tauchst du immer mehr in die Entspannung ein.« Priska umarmte Viktoria und legte sich in ihr eigenes Bett.

»Danke Priska ... gute Nacht.« Viktoria blieb noch eine Weile wach. Dann schlief sie erschöpft ein. Für ihren Körper war das ein Kraftakt gewesen – ein erster Schritt in die Heilung.

Viktoria war schon drei Monate im Gefängnis. Deshalb durfte sie sich für eine Arbeit eintragen. Viele der verurteilten Insassinnen gingen einer Tätigkeit nach, um sich zu beschäftigen und auf diese Weise etwas dazuzuverdienen. Diejenigen, die administrativ verwahrt wurden, erhielten jedoch keinen Lohn – unter Zwang fertigten sie Körbe und andere Utensilien für den Alltag an, nähten Uniformen für das Militär oder bügelten Berge von Wäsche.

Es gab eine Grossküche, in der große Mengen an unterschiedlichen Gerichten für Krankenhausküchen, Altenheime und andere Institutionen zubereitet wurden. Dort wurde Viktoria fürs Gemüse eingeteilt. Sie freute sich, denn die Arbeit gab ihrem Leben neue Struktur.

»Ah, da kommt die Neue!« Mit diesen Worten empfing sie Küchenchef Max Knoll vor der vereinten Mannschaft. »Mach einen guten Job, sonst werfe ich dich raus!«

Alle lachten. Es war kein gehässiges, sondern ein fröhliches Lachen. Viktoria war verunsichert und musste sich an diesen Humor gewöhnen.

Die Arbeit in der Küche gefiel ihr. Auch wenn Max manchmal laut wurde, blieb er stets respektvoll. Zudem war er jung, charmant und obendrein noch gutaussehend. Die anderen munkelten, er sei aus wohlhabendem Hause und würde der Arbeit nur aus reinem Vergnügen nachgehen – doch Viktoria glaubte das nicht. Warum sollte jemand freiwillig im Gefängnis arbeiten, wenn ihm doch die ganze Welt zu Füßen lag? Unvorstellbar.

Für Viktoria wurde die Küche bald zu einem kreativen Schaffensort. Wenn sie ihr Gemüse zubereitet hatte, entwickelte sie eigene Rezepte und Spezialdiäten für Diabetiker. Wehmütig erinnerte sie sich dabei an die vielen Köstlichkeiten, die sie einst für Bella zubereitet hatte.

Max erkannte ihr Talent und ließ sie bereits nach kurzer Zeit auch die großen, scharfen Messer benutzen, obwohl ihr das als verurteilter Mörderin strengstens verboten war. Max vergaß solche Vorgaben immer wieder. Er verließ sich auf sein Bauchgefühl – dieses täuschte ihn nie.

War die Arbeit beendet und die Küche sauber, gab es zum Abschluss einen richtigen Kaffee – dann standen Viktoria und Max beisammen und unterhielten sich ausgiebig. Mit der Zeit freundeten sie sich an. Max war von Viktorias offener Art fasziniert – dass sie eine Frau liebte, war für ihn jedoch nur schwer nachvollziehbar. »Meinst du nicht, du könntest genauso für einen Mann empfinden?«

»Nein. Ich glaube nicht, dass mir ein Mann das geben könnte, was Bella mir gibt«, antwortete Viktoria ohne Zögern.

»Schade«, meinte er und zwinkerte ihr zu.

Ab und an wiederholte Viktoria die Atemübung, die ihr Priska gezeigt hatte. Sie bemerkte, wie sie sich dabei immer mehr entspannte. Wie viel das doch bewirken konnte.

Erstaunlich, dachte sie jedes Mal.

Eines Abends gab Viktoria Priska zu verstehen, dass sie für den nächsten Schritt bereit war. Sie trafen sich in Viktorias Bett und begannen mit der Atemübung – dann legte sich Viktoria auf den Rücken.

»Meine Hand tut nur das, was deine Hand bestimmt. Du kannst mit dem Druck spielen. Etwas mehr oder weniger. Entdecke dich durch meine Hände.« Auf diese Weise unterstützte Priska Viktorias Selbstbestimmung. Viktoria ließ sich darauf ein.

»Atme ruhig weiter«, sagte Priska. Viktoria entspannte sich – doch plötzlich liefen ihr die Tränen wie Sturzbäche über die Wangen. Sie begann zu schluchzen. Sie ließ die Hand an der Yoni.

»Du machst das gut«, bestärkte sie Priska. »Jetzt zeigt sich der aufgestaute Schmerz. Das sind ungeweinte Tränen, die endlich ihren Weg finden und rausdürfen. Bleib im Gefühl.« Priska war einfach präsent. Viktoria beruhigte sich – doch dann überkam sie die Trauer erneut. Nach der dritten Welle spürte sie Wut in sich aufsteigen. Wut, dass sie sich nicht hatte wehren können. Wut, dass sie auf Konrad hereingefallen war. Wut, dass sie Bella nicht hatte beschützen können. Sie schrie die Wut aus vollem Halse hinaus. Der Schrei gellte durch die Flure – und schon kamen die Wärterinnen angerannt. Priska konnte sich gerade noch in ihr Bett verkriechen, als die Zellentür aufging. »Was ist denn hier los?«, fragte die Wärterin.

Viktoria war ganz benommen. »Ich hatte einen Albtraum. Bitte entschuldigen Sie.«

»Na dann ... gute Nacht«, murmelte sie und zog wieder ab.

Als die Luft rein war, schlüpfte Priska abermals zu Viktoria unter die Decke.

»Du hast das großartig gemacht. Schau, dass du morgen einer körperlichen Arbeit nachgehen kannst. Auf diese Weise wirst du die aufgestaute Wut los!«

Max staunte nicht schlecht, als Viktoria am nächsten Morgen alle Paletten vom Lastwagen ablud und schwungvoll in die Vorratskammer trug. Als er ihr seine Hilfe anbot, lehnte sie dankend ab. »Du wirst wohl einen guten Grund dafür haben«, lächelte er und ließ sie gewähren.

Sooft es ging, wiederholte sie nachts nun die Übung mit Priska. Dabei tat Priska nichts anderes, als Viktorias Yoni zu berühren, während sie ruhig ein- und ausatmete. Das erstarrte Trauma kam langsam in Bewegung und verließ ihren Körper Schicht für Schicht. Dabei überkamen sie nicht nur Trauer und Wut, sondern auch ein Gefühl der Ohnmacht, Enttäuschung über sich selbst und Entsetzen über das Böse. Es tat weh, aber sie machte Fortschritte. Und mit der Zeit ging es immer leichter. Viktoria entspannte sich mehr und mehr und erstarrte nicht mehr beim Gedanken an das Schreckliche, was vorgefallen war.

»Priska, du hast ein einzigartiges Talent«, sagte sie bewundernd.

»Du machst mich ganz verlegen«, erwiderte Priska.

»Ich meine es ernst! Du solltest das beruflich machen – mit dieser Heilmethode könntest du vielen Menschen helfen. Du könntest so viel Gutes bewirken!«

»Soll ich etwa eine Tantra-Schule eröffnen? Meinst du, ich bekäme dafür eine Zulassung, ohne dass ich wieder ins Gefängnis wandere?« Priska hatte sich anscheinend auch schon mit diesem Gedanken auseinandergesetzt.

»Hmm, du hast recht«, sagte Viktoria nachdenklich. »Man müsste dafür einen rechtskonformen Rahmen finden. Ich werde mir etwas überlegen.«

Viktoria war zuversichtlich. Priska freute sich über den Zuspruch, obwohl sie Viktorias Optimismus nicht teilte.

Die Arbeit in der Küche gefiel Viktoria immer besser. Neben Priska zählte nun auch Max zu ihren engsten Vertrauten. Er gab ihr ein Gefühl von Normalität – so, als sei sie gar nicht im Gefängnis. Doch es war ein Spiel mit dem Feuer. Niemand durfte von ihrer Freundschaft erfahren. Freundschaft zwischen Insassinnen und Angestellten war verboten.

Viktoria merkte, dass Max des Öfteren mit ihr flirtete. Das war ihr unangenehm. Um ihm keine falschen Hoffnungen zu machen, erzählte sie ihm von der Vergewaltigung. »Das ist unter anderem ein Grund, warum ich nie mehr mit einem Mann zusammen sein möchte.«

Max konnte kaum fassen, was sie durchgemacht hatte. »Es tut mir so leid, dass du eine so grausame Erfahrung machen musstet. Männer wie Konrad gehören ins Gefängnis. Ich kann gut verstehen, dass du ihn umgebracht hast.«

Sie ließ ihn in dem Glauben. Das Geheimnis ihrer Unschuld behielt sie für sich.

»Danke für dein Vertrauen«, sagte er. »Ich mag dich sehr gern. Auch wenn aus uns nie ein Paar wird.«

»Also ... sollte ich jemals wieder mit einem Mann zusammenkommen, dann bist du meine erste Wahl«, lachte Viktoria.

»Versprochen!« Max grinste.

Viktoria brachte es nicht übers Herz, Bella von der heilenden Erfahrung mit Priska zu erzählen. Von Max erzählte sie ihr jedoch umso mehr, was Bella zunehmend verunsicherte. Sie konnte die Verbindung zwischen den beiden nicht recht einordnen. Selbst als ihr Viktoria mehrfach versicherte, dass sie in Max lediglich einen Bruder sah, ließen sich ihre Zweifel nicht zerstreuen.

»Lern ihn doch einfach mal kennen«, schlug Viktoria vor. »Dann kannst du dir selbst ein Bild machen.«

»Na ja, ich weiß nicht – ich gehe Männern ja normalerweise aus dem Weg. Wenn er jedoch so nett ist, wie du sagst, will ich es auf einen Versuch ankommen lassen. Aber ich kann dir nicht versprechen, dass ich ihn dann auch mag.«

Sie lächelten.

»Und wie läuft es mit Adalbert?«, fragte Viktoria. »Bist du ihn endlich losgeworden?«

»Nein. Es ist sogar noch schlimmer geworden. Er kam mit einem großen Koffer und nistete sich kurzerhand bei mir ein. Es ist schrecklich. Ich rief die Polizei und wollte ihn rausschmeißen. Doch die kam gar nicht erst. Für familiäre Streitigkeiten seien sie nicht zuständig, hieß es.

Ich sagte ihm wütend, dass er vorerst im Haus bleiben dürfe, solange die Erbschaftsangelegenheit nicht geklärt wäre. Ich stellte ihm das Gästezimmer und -bad zur Verfügung und sagte klipp und klar, meine Räume seien für ihn tabu. Ich drohte ihm, den Kühlschrank und alle Vorratskammern für ihn unzugänglich zu machen. Ich würde täglich so viel warmes Wasser laufen lassen, bis der Boiler leer sei und er sich kalt duschen müsse, ich würde ihm grundsätzlich das Leben zur Hölle machen, wenn er sich nicht an meine Vorgaben halten würde!«

Viktoria schmunzelte. »So gefällst du mir, Bella. Was hat er gesagt?«

»Er hat sich tatsächlich verzogen«, lachte nun auch Bella, »und ich war danach richtig stolz auf mich. Nachdem ich ihn in die Schranken gewiesen habe, belästigt er mich weniger.« Viktoria war trotzdem besorgt. »Du musst vor diesem Mann beschützt werden, solange er unter deinem Dach lebt. Wer könnte dich denn unterstützen?« Bella schüttelte den Kopf. »Es gibt niemanden. Seit Vater tot ist, haben mich Männer nur ausgenutzt. Ohne Vater, Bruder oder Ehemann ist man ihnen hilflos ausgeliefert.« Viktoria schluckte schwer. »Triffst du dich manchmal mit Mama?«

»Ja, und sie baut mich jedes Mal auf. Sie rät mir, wieder zu heiraten – aber das werde ich nicht tun!«

»Wie gut, dass du gar nicht stur bist!«, lachte Viktoria.

»Genau wie du«, fügte Bella mit einem Augenzwinkern hinzu.

Nach dem Gespräch mit Bella vertraute sich Viktoria Max an. »Ich glaube, Bella versteht die Freundschaft zwischen dir und mir nicht.« Schüchtern fügte sie hinzu: »Würdest du dich mit ihr einmal treffen und ihr unser Verhältnis erklären?«

»Findest du das nicht etwas komisch?«, meinte er irritiert.

»Mag sein.« Viktoria wollte ihn nicht drängen. Doch er merkte, dass es ihr wichtig war. »Na gut«, sagte er schließlich. »Sie ist deine Partnerin und du liebst sie. Deshalb werde ich es tun, dir zuliebe. Mir gefällt, wie du von ihr sprichst. Sie scheint ein liebenswürdiger Mensch zu sein.«

Viktoria lächelte erleichtert. Sie war immer wieder unsicher, ob ihre Partnerschaft mit Bella überhaupt eine Zukunft hatte.

Die Distanz, ihre unterschiedlichen Leben. Sie im Gefängnis, Bella in dem großen Haus. Würde ihre Beziehung diesen Herausforderungen standhalten? Was, wenn sich Bella in eine andere Frau verlieben würde? Eine, die frei war? Bei diesem Gedanken liefen Viktoria Tränen über das Gesicht.

Das Treffen mit Max nahte, und Bella war aufgeregt. Sie war schon lange nicht mehr ausgegangen und wusste nicht, was man zu einem Treffen mit einem Gefängniswärter der eigenen Frau anzieht. Doch da sie ohnehin meist Schwarz trug, hatte sie schnell eine Lösung gefunden und sich für einen knielangen Rock und eine luftige Bluse entschieden.

Dann traf sie Max. Gemeinsam gingen sie in die Stadt und tranken einen Aperitif.

Mit seiner ruhigen, besonnenen Art gewann er schnell ihr Vertrauen und sie entspannte sich allmählich. Nach dem dritten Martini bianco gingen sie am See spazieren.

»Erzähl mir etwas aus deinem Leben«, bat Bella Max.

»Ah, jetzt werde ich überprüft«, lachte Max. »Gerne erzähle ich dir von mir: Mein Vater war Metzger – ein gemütlicher Kerl, der für sein Leben gern aß und jede Art der Bewegung scheute. Sein Herz hat das nicht mitgemacht, weshalb er früh verstorben ist. Meine Mutter wollte die Metzgerei veräußern, um mir das Wirtschaftsstudium finanzieren zu können. Das habe ich jedoch nicht zugelassen. Stattdessen wollte ich die Metzgerei übernehmen, eine Metzgereikette mit dem Namen *La Belle* aufbauen und dabei ausschließlich Fleisch aus artgerechter Tierhaltung beziehen. Die anderen Metzger haben mich für diese verrückte Idee ausgelacht, aber das war mir egal. Meine Mutter vertraute mir und übergab mir das Geschäft.«

»Und wie ging es weiter?« Bella hörte Max gerne zu.

»Kurze Zeit später ist eine Metzgerei im Nachbardorf Konkurs gegangen, weil der Inhaber alkohol- und spielsüchtig war. Er hatte seine gesamten Ersparnisse in den Sand gesetzt. Ich kaufte ihm das Geschäft für den Preis eines Butterbrotes ab und beschäftigte ihn weiter – unter der Voraussetzung, dass er dem Alkohol abschwören und den Casinos fernbleiben würde. Das funktionierte zunächst, doch ein Jahr später ist der Mann rückfällig geworden. Ich musste ihn entlassen. Ich ersetzte ihn durch einen jungen Mann, der gerade die Ausbildung abgeschlossen hatte und topmotiviert war. Er wollte diese Verantwortung übernehmen und konnte das auch. Der Laden florierte. Ich konnte weitere fünf Geschäfte samt Belegschaft übernehmen.«

Bella merkte, mit wie viel Begeisterung Max von seinem Geschäft sprach. »Du scheinst ein gutes Händchen für Erfolg zu haben«, stellte sie fest.

»Ich schaue ganz genau hin, wenn ich Leute einstelle. Das Wichtigste ist für mich immer ihre Motivation. Wenn jemand motiviert ist, kann er alles lernen, was er braucht. Die Stimmung ist grundsätzlich gut und der Erfolg ist die Folge eines starken Teams.«

»Jetzt verstehe ich langsam, warum Viktoria so von dir schwärmt. Du bist ein interessanter Mensch mit einem guten Herz.« Bella schaute Max an.

»Hör auf, ich werde rot«, lachte Max.

»Und warum arbeitest du im Gefängnis?« Das war es, was Bella interessierte.

»Ich baue mein Geschäft so auf, dass es mich im Tagesgeschäft nicht braucht. Also habe ich viel Zeit für mich. Als neugieriger Mensch probiere ich gerne Sachen aus, die mir unbekannt sind. Also lese ich Inserate und schau, was mir in die Augen springt. Als ich las, dass im Frauengefängnis ein Koch gesucht wird, der mit den Häftlingen zusammenarbeitet, habe ich mich gemeldet und wurde eingestellt. Wir haben vereinbart, dass ich diese Arbeit ein Jahr lang machen werde. Dann such ich mir eine neue Herausforderung.«

»Du und Viktoria ...«, Bella fiel es sichtlich schwer, das Thema anzuschneiden, »ihr ... ähm ... ihr kocht also zusammen?«

Max musste lächeln. »Bella, du möchtest wohl wissen, wie ich zu Viktoria stehe.«

»Ja, also ... ja«, bestätigte sie.

Max wurde ernst. »Ich mag Viktoria sehr. Ich würde lügen, wenn ich es abstreiten würde. Uns verbindet eine Freundschaft. Ich respektiere sie, und ich respektiere auch dich.« Er nahm ihre Hand und fügte hinzu: »Du bist eine wunderbare Frau. Ihr seid ein wunderbares Paar ... Ich würde mich freuen, wenn ich der Freund und Vertraute von euch *beiden* sein dürfte.«

Bella schaute ihm in die Augen und erkannte, dass er es ehrlich meinte. »Danke Max, das bedeutet mir sehr viel. Du bist ein großartiger Mensch. Ich freue mich, dass ich dich heute kennen gelernt habe.«

Sie schlenderten am Ufer des Sees entlang. Das Licht der untergehenden Sonne tauchte das Wasser in ein sanftes Rot. Als es dunkel wurde, zog ein kalter Wind auf und Bella begann zu frieren. Als Max ihr Zittern bemerkte, zog er sein Jackett aus und legte es ihr über die Schultern.

»Ich möchte gerne gehen, bevor es dunkel wird«, sagte Bella.

»Natürlich. Soll ich dich nach Hause begleiten?«, fragte Max höflich.

»Gerne. Dann können wir noch ein bisschen weiterquatschen«, nahm Bella sein Angebot an.

»Wie geht es dir ohne Viktoria?«, fragte Max. »Ich kann mir vorstellen, dass sie dir fehlt.«

Bella vertraute sich Max an: »Oh ja, ich vermisse sie sehr. Ich habe mir schon überlegt, etwas Kriminelles anzustellen, damit ich ebenfalls ins Gefängnis komme.« Sie lachten beide.

Als sie bei der Villa ankamen, riss Adalbert die Tür auf und schrie Max an: »Wer bist du denn?«

»Das geht dich nichts an!«, sagte Bella bestimmt.

Max verstand sofort und spielte mit. »Gute Nacht, liebe Bella«, sagte er entspannt und küsste sie auf die Wange. Adalbert schaute ihn mit giftigem Blick an.

»Gute Nacht«, sagte Bella, drehte sich um und ging an Adalbert vorbei. Adalbert starrte Max an. Max hielt seinem Blick stand, während Adalbert zu schwitzen begann und schließlich wegschauen musste. Max drehte sich um und ging. In diesem

Moment wusste Adalbert, dass er keine Chance hatte, Bellas Herz zu erobern.

Am nächsten Morgen überraschte Max Bella mit frischen Croissants. »Schatz, machst du uns einen Kaffee dazu?«, säuselte er liebevoll und setzte sich an den gedeckten Frühstückstisch. Adalbert sass schon da und las die Zeitung. Er ließ diese sinken und betrachtete Max verärgert. Dann verzog er sich allerdings, um einer Konfrontation aus dem Weg zu gehen.

»Du weißt schon, dass aus uns nichts wird?«, flüsterte Bella verunsichert, als sie allein waren.

»Aber klar doch, ich spiele nur deinen Verlobten, bis Adalbert weg ist. Oder wenn die Behörde etwas von dir will oder dich sonst jemand belästigt. Kurz gesagt – ich bin ab jetzt dein universeller Problemlöser-Dauer-Verlobter! Klingt gut, oder?« Max lachte über seine eigene List.

»Na ja, ich weiß nicht. Muss man einen Mann vorzeigen können, damit man Ruhe hat?« Bella war konsterniert.

»Ich biete dir das an, wenn du das möchtest. Menschen wie Adalbert können gefährlich werden. Wenn sie nicht kriegen, was sie wollen, sind sie unberechenbar. Glaub mir. Ich weiß, wovon ich spreche. Seit ich im Gefängnis arbeite, habe ich etliche unschuldige Frauen gesehen, die wegen nichts verwahrt wurden.«

»Das ist einfach schrecklich!« Bella war besorgt. »Wir waren schon auf dem Mond, wir sind im Jahr 1974 und es fühlt sich an, als ob wir noch im tiefsten Mittelalter leben würden. Fehlt nur noch die Hexenverbrennung. Ich finde es sehr nett von dir, Max, dass du mir das anbietest. Gerne komme ich auf dein Angebot

zurück, wenn ich in eine Notlage gerate. Ist das okay für dich?«
Sie schaute Max fragend an.

»Natürlich.« Max verstand, dass es einer modernen und selbständigen Frau wie Bella zuwider war, etwas anzunehmen, was nicht ihrer Überzeugung entsprach. Andererseits musste sie der Realität in die Augen sehen. Als alleinstehende Frau war sie in dieser Gesellschaft nicht sicher. »Danke, Max.« Von da an wusste sie: Max war für sie da.

Bella besuchte Viktoria im Gefängnis. Begeistert berichtete sie von der Begegnung mit Max. Viktoria freute sich, dass nun alles geklärt war.

Diese neue Freundschaft hatte unerwartete Vorteile. So schrieben sich die Frauen jetzt unzensierte Briefe, die Max aus dem und ins Gefängnis schmuggelte. Der Briefkontakt zwischen den beiden Frauen wurde immer intensiver. Ihre Liebe wurde wieder lebendig. Sie spürten einander – zwar nicht Haut an Haut, aber die Briefe konnten sie so oft lesen, wie sie wollten. Viktoria lächelte vor Glück, wenn sie einen Brief in den Händen hielt. Beschwingt und wie auf Wolken lief sie dann durch die langen Flure der Anstalt.

Bald lernten auch Greta und Charlotte Max kennen.

»Er erinnert mich an Otto«, sagte Greta zu Bella. »Welch toller Mann. Wenn ich jünger wäre ...« Sie zwinkerte ihr verschwörerisch zu. Beide lachten.

Charlotte war ebenfalls von ihm angetan. »Was meinst du, Bella, wäre das nicht ein Mann für dich? Ich glaube, er würde dich sehr glücklich machen.«

Bella fühlte sich schlecht, weil sie Charlotte noch immer keinen reinen Wein eingeschenkt hatte. Sie wusste, jetzt war der Moment gekommen, an dem sie ihr die ganze Wahrheit erzählen musste.

»Hast du Zeit, Charlotte?«

»Ja, warum? Was gibt's?«

»Ich meine – so richtig Zeit. Ich habe dir einiges zu sagen.« Bella wirkte ernst.

So setzten sie sich zusammen und Bella erzählte ihr von ihrer Beziehung mit Viktoria und der Scheinverlobung mit Max.

Charlotte war verwirrt, verständnisvoll, entsetzt, ein Wechselbad der Gefühle. »Sei mir nicht böse, Liebes. Es ist gerade ein bisschen viel. Ich muss das erst einmal auf mich wirken lassen. Reden wir später weiter?«

»Ja natürlich! «, sagte Bella und schaute betreten zu Boden. »Glaube mir, es tut mir sehr leid, dass ich es dir nicht schon früher gesagt habe. Du warst immer gut zu mir und bist eine der wichtigsten Personen in meinem Leben.« Bella schluchzte. Charlotte nahm sie in den Arm, dann ging sie aus dem Raum.

Später nahmen sie das Abendessen schweigend ein. Erst beim Käse, den sie sich gönnten, durchbrach Charlotte die Stille. »Bella, du weißt, ich liebe dich wie eine Tochter. Ich gebe zu, mir hat einiges nicht gefallen, was du mir heute erzählt hast. Doch wenn ich zurückdenke, erkenne ich, dass mir deine Zuneigung zu Frauen schon längst hätte auffallen müssen. Ich habe es wohl verdrängt, weil ich der Meinung war, dass du es leicht haben sollst. Weißt du, es ist ein gefährlicher Weg, den du gehst.« Charlotte räusperte sich. »Andererseits musst du deinem Herzen folgen. Du weißt, dass ich von Viktoria nicht viel halte. Aber wenn sie dich glücklich macht, werde ich eure Liebe respektieren. Bitte erwarte nicht von mir, dass ich mich mit ihr anfreunde.«

Mit einem Mal fiel die ganze Anspannung von Bella ab. »Danke für dein Verständnis, Charlotte. Ich hatte große Angst, du würdest dich von mir abwenden. Du bist immer so ... korrekt.« Sie schluchzte und ließ ihren Tränen freien Lauf.

»Ach, Liebes. Immer korrekt? Hmm ...« Charlotte nahm Bella liebevoll in den Arm. Das klärende Gespräch hatte beiden gutgetan. Die Distanz, die sich zwischen ihnen eingeschlichen hatte, löste sich wie in Nichts auf. Sie waren sich nah wie schon lange nicht mehr.

»Darauf trinken wir ein Glas Wein«, meinte Bella und holte einen guten Tropfen aus dem Weinkeller. Sie feierten ihre Verbundenheit, ihre Liebe. Nach einem Glas waren sie beschwipst. Beide ertrugen nur wenig Alkohol.

Am späten Abend kam Adalbert nach Hause. Als er sah, wie fröhlich Bella und Charlotte waren, ärgerte er sich masslos. »Euer unsittliches Verhalten wird euch Probleme einbringen. Dafür werde ich sorgen«, meinte er verächtlich.

»Tu, was du nicht lassen kannst«, entgegnete Bella keck.

Adalbert wandte sich ab und stampfte zornig davon.

»Wir müssen aufpassen. Er ist hinterlistig und könnte uns eine Falle stellen«, flüsterte Charlotte besorgt – doch dann kicherten sie wieder.

Sie blieben sitzen und genossen den Abend. Charlotte fuhr fort:»Merkwürdig, dass Viktoria Konrad umgebracht haben soll. Das passt so gar nicht zu ihr.«

Bella stimmte ihr zu:»Ich glaube auch nicht, dass sie es war. Aber jedes Mal, wenn ich sie darauf anspreche, unterbricht sie mich.«

»Komisch. Sehr komisch«, lamentierte Charlotte.»Weißt du, was? Ich gehe sie am Samstag besuchen. Mal schauen, was sie mir erzählt.«

Bella war erstraunt:»Wirklich? Bist du dann auch nett zu ihr?«

»Vielleicht«, erwiderte Charlotte schmunzelnd.

Viktoria konnte kaum glauben, wen sie am Samstag im Besucherraum antraf.»Charlotte? Du?«

»Ja, ich.« Charlotte war es unangenehm, Viktoria in ihrer blauen Gefängniskleidung zu sehen.

»Bella hat mir alles erzählt«, fiel Charlotte mit der Tür ins Haus. Kleinlaut fuhr sie fort:»Ich glaube, ich war ungerecht zu dir. Bella scheint dich zu lieben und sie ist glücklich. Das ist das Einzige, was zählt.« Einen Tick schärfer als beabsichtigt fügte sie hinzu:»Aber wehe, du verletzt sie!«

Viktoria war überrumpelt, fing sich jedoch schnell wieder. »Ich bin froh, dass du Bescheid weißt. Ich liebe Bella von ganzem Herzen.« Mit gesenktem Blick sagte sie:»Oft weine ich mich in den Schlaf, weil ich sie so sehr vermisse.«

Charlotte war sichtlich gerührt. Sie wechselte das Thema: »Viktoria, ich bin hier, weil ich verstehen möchte, was damals mit euch und mit Konrad geschehen ist. Bitte sag mir die Wahrheit. Was geschah in der Nacht? Wer hat Konrad umgebracht?« Viktoria wusste nicht, ob sie sich Charlotte anvertrauen sollte. Abweisen wollte sie sie jedoch auch nicht. Sie überwand ihren Widerstand.

»Charlotte, es war klar, dass es eine von uns gewesen sein musste. Sonst war keiner dort. Da ich mit Sicherheit weiß, dass ich es nicht war, muss es Bella gewesen sein. Ich wollte ihr jedoch das Gefängnis ersparen. Deshalb habe ich die Schuld auf mich genommen. Ich liebe sie doch so sehr.« Jetzt war es raus. Viktoria weinte.

Für Charlotte war das ein Schlag. Damit hatte sie nicht gerechnet. Sie reichte ihr ein Taschentuch. »Viktoria, das kann einfach nicht sein. So ein Gewehr hat einen enormen Rückschlag. Hätte Bella damit geschossen, wäre sie dabei zu Boden gefallen und hätte sich zumindest an der Schulter blaue Flecken zugezogen. Zwar war ein paar Tage später ihr ganzer Körper von Blutergüssen übersät gewesen – aber nicht an dieser Stelle. Glaube mir, Bella war es nicht.«

Viktoria runzelte die Stirn. Stimmt, Bella war eine zarte Person. Diese Argumente hatte sie nicht bedacht. »Damit könntest du tatsächlich recht haben. Nur ... wer soll es sonst gewesen sein?«

Es war still, beide dachten nach. Wer konnte es gewesen sein? Plötzlich rief Charlotte: »Ich weiß es!«

»Was? Wer?«

»Keine Zeit, ich muss sofort los.« Mit diesen Worten verschwand Charlotte und ließ eine verwirrte Viktoria zurück.

7

»Wir servieren nun das Mittagessen«, dringt eine metallische Stimme aus den Bordlautsprechern. »In der Economyklasse können die Passagiere zwischen Hühnchen und Eierspeise wählen. Wir bitten Sie, das Rauchen während des Essens einzustellen. Guten Appetit.«

Viktoria hat keinen Hunger. Doch sie weiß, dass sie sich stärken muss. Sie erinnert sich an die Bilder von Dohanar. Was ist mit Melanie und ihrer Familie? Bald wird sie erfahren, wie die Situation aussieht.

Ihr wird die Eierspeise serviert. Langsam isst sie Bissen für Bissen und trinkt dazu ein Glas Rotwein. Sogar die Nachspeise verdrückt sie. Sie vertritt sich auf dem Gang die Beine und nimmt dann wieder Platz. Um sich abzulenken, blättert sie in einer Illustrierten. Sie kann nicht lesen und legt das Heft zur Seite.

Sie erinnert sich, dass sie einmal mit Melanie ausgegangen ist. Sie waren in der Stadt etwas trinken und hatten sich prächtig amüsiert. Beide vertrugen nur wenig Alkohol. Melanie wurde wehmütig und sagte Viktoria wiederholt, wie wertvoll die Freundschaft für sie sei. Sie meinte, sie wolle für den Rest ihres Lebens ihre Freundin bleiben. Viktoria lachte und sagte ihr, dass nichts dagegensprechen würde.

Dann hat Melanie ihr tief in die Augen geschaut und gefragt: »Würdest du dich um die Kinder kümmern, wenn mir etwas zustößt?«

Viktoria hatte lachend Ja gesagt. Sie hatte sich nichts dabei gedacht. Und jetzt war so etwas Fürchterliches geschehen. Viktoria schluckte schwer. Tränen rannen über ihr Gesicht.

8

Charlotte ging nach dem Besuch bei Viktoria schnurstracks zur Polizei. Der Polizist entgegnete, es handle sich um einen abgeschlossenen Fall. Er versuchte, sie abzuwimmeln. Doch so schnell gab Charlotte nicht auf. Sie beharrte darauf, Kommissar Stutz persönlich zu sprechen. Der Polizist rief ihn an und bedachte Charlotte mit einem grimmigen Blick. Er sprach in die Muschel: »Ja, ist gut. Ich bringe sie zu Ihnen.«

Sein Büro war ganz hinten im Gang. Es war hell und spartanisch eingerichtet. Charlotte nahm auf dem Besucherstuhl gegenüber Stutz Platz.

»Dann sagen Sie mal, wie sieht Ihr Verdacht aus?«, fragte Kommissar Stutz neugierig.

»Es kann nur Adalbert Meier gewesen sein, Konrads Bruder«, erklärte Charlotte. »Bei der Tatwaffe handelt es sich um ein Gewehr – doch weder Bella noch Viktoria wären in der Lage gewesen, damit zu schiessen, ohne dabei sichtbare Verletzungen davonzutragen.«

»Gute Frau«, sagte Stutz etwas verärgert, »das haben wir überprüft. Wenn die Täterin den Schal zwischen die Schulter und das Gewehr gelegt hat, gibt es keine blauen Flecken. Da auch der Schal Schmauchspuren aufwies, sind wir dem nicht weiter nachgegangen. Andererseits, die Wucht eines Schusses ist tatsächlich enorm.« Stutz überlegte.

Charlotte fuhr fort:»Dazu kommt, dass Adalbert jeden Sonntag zum Kaffee vorbeikam. Auch an jenem Sonntag muss er aufgetaucht sein. Es ist sehr verdächtig, dass er nichts davon gesagt hat.«

»Der Bruder soll es also gewesen sein. Und was wäre sein Tatmotiv?« Stutz war jetzt ganz Ohr.

»Adalbert war neidisch auf seinen Bruder. Er wollte sich seine Frau, das Haus und das Erbe unter den Nagel reißen und sein Leben *übernehmen*. Nach seinem Tod hat er sich bei Bella eingenistet und setzt sie seither unter Druck. Er fordert, sie soll ihn heiraten – andernfalls würde er ihr das Leben zur Hölle machen!«

»Hmm.« Stutz überlegte und sagte schließlich:»Wissen Sie was? Ich gehe noch heute zum Staatsanwalt und schildere ihm Ihren Verdacht. Vielleicht haben wir nach dem Geständnis tatsächlich die Untersuchung zu wenig ausgeweitet. Sie hören von mir.«

Stutz reichte Charlotte die Hand.»Danke, Herr Kommissar«, sagte sie, bevor sie sich umdrehte und mit gemischten Gefühlen das Polizeipräsidium verließ. Sie behielt das Ganze für sich, um niemandem falsche Hoffnungen zu machen. Jetzt musste sie geduldig sein.

Ein paar Tage vergingen. Bella hatte Max zum Abendessen in die Villa eingeladen. Sie genossen einen Linseneintopf, den Charlotte zubereitet hatte. Da klingelte es an der Tür.

»Was ist denn los?«, fragte Bella überrascht.

»Ich geh schon«, sagte Charlotte.

Adalbert kam aus seinem Zimmer geschossen und sah die Polizisten eintreten. Er grinste bis über beide Ohren. »Liebe Bella, du wolltest mir das Leben schwer machen, also habe ich dich wegen deines unschicklichen Verhaltens angezeigt. Weißt du, das wird gar nicht gerne gesehen, dass die Männer hier ein- und ausgehen. Jetzt wird dich die Polizei holen und verwahren lassen, weil du so frivol und unanständig bist. Ich sage dir, danach wirst du mich noch auf Knien anflehen, dich zu heiraten!« Dann zeigte er mit dem Finger auf Max.

»Raus hier! Pack deine Sachen und verschwinde! Jetzt bin ich der Herr im Haus!« Adalbert lachte aus voller Kehle und genoss die Angst in Bellas Augen.

In diesem Moment führte Charlotte Kommissar Stutz samt Staatsanwalt und zwei weiteren Polizisten herein.

»Hier ist die junge Dame, die Ihre erzieherischen Maßnahmen braucht!«, rief Adalbert und zeigte auf Bella. »Nehmen Sie sie hart ran, sonst lernt sie es nie!«

Stutz sah ihn an und sagte mit klarer Stimme: »Adalbert Meier, im Namen des Gesetzes nehme ich sie wegen Mordes an Ihrem Bruder Konrad Meier fest.«

Bevor Adalbert wusste, wie ihm geschah, klickten schon die Handschellen und er wurde abgeführt. Zu Charlotte gewandt sagte Stutz: »Danke. Sie hatten recht.« Dann verließ auch er das Haus.

Bella war völlig verwirrt. Jetzt erst erzählte Charlotte, was geschehen war. Bella konnte es kaum glauben. War Viktoria tatsächlich ins Gefängnis gegangen, um sie zu schützen? Sie weinte vor Rührung. Und sie hatte Schuldgefühle. Sie hätte dieses Opfer von Viktoria nie angenommen, wenn sie davon gewusst hätte.

Dann ging es Schlag auf Schlag. Adalbert kam in Untersuchungshaft, und das Verfahren wurde von neuem aufgerollt. Wie Charlotte bereits vermutet hatte, hatte er die Tatwaffe bei sich im Haus aufbewahrt. Nachdem nicht nur Konrads und Bellas, sondern auch Adalberts Fingerabdrücke auf dem Gewehr gefunden worden waren, war der Fall klar. Die Beweislast war derart erdrückend, dass Adalbert nichts anderes übrigblieb, als dem Richter den Mord zu gestehen. Er berichtete, er sei an dem besagten Sonntag zu Konrads Haus gefahren. Dort sei er auf ihn gestoßen und habe gesehen, dass Bella und Viktoria bewusstlos waren.

Er habe Konrad fragen wollen, was er ihnen angetan hatte, doch dieser sei nicht ansprechbar gewesen. Er sei zu den bewusstlosen Frauen gegangen und habe ihre Fesseln gelöst – dann habe er jedoch das Gewehr seines Bruders entdeckt und die Gunst der Stunde genutzt, um ihn zu erschießen. Er habe das schon lange tun wollen. Konrad sei das Glück stets zugeflogen, während er sich alles in seinem Leben habe hart erkämpfen müssen. Sein Leben lang habe er ihn dafür gehasst.

»Ich würde es wieder tun«, beendete Adalbert sein Geständnis trotzig.

Nach dem Urteilsspruch machte die freudige Nachricht von Viktorias Unschuld schnell die Runde. Im Gefängnis beglückwünschten die Frauen sie zu ihrer baldigen Freiheit.

Sogar Tonja war erfreut.»Endlich bin ich dich los!«, meinte sie schnippisch.

Viktoria kümmerte das wenig. Sie konnte ihr Glück kaum fassen, auch wenn sie gleichzeitig so etwas wie Wehmut verspürte.

»Freust du dich nicht? Du siehst so betrübt aus«, meinte Pi am Mittagstisch. Auch die anderen hatten Viktorias Traurigkeit bemerkt.

»Ja, natürlich freue ich mich. Aber ich habe auch Angst. Ich bin davon ausgegangen, dass ich die nächsten Jahre hier verbringen werde. Zudem seid ihr mir alle so sehr ans Herz gewachsen.« Viktoria begann leise zu weinen. Dann zog sie die Nase hoch.

»Ich werde euch besuchen, sooft ich kann – das verspreche ich euch!« Viktoria griff an ihr Ohrläppchen und drückte auf den tätowierten Punkt. Die anderen sahen ihre Geste und taten es ihr gleich.

»Meine Teufelsweiber ... auf ewig werde ich mit euch verbunden sein ... Ich liebe euch!« Viktoria schloss die Augen und sog diesen magischen Moment in ihr Herz auf.

Der Tag des Abschieds war da. Nachdem Viktoria allen Lebewohl gesagt hatte, stand sie vor dem Gefängnistor. Sie trug die Kleider, die sie bei ihrer Festnahme getragen hatte. Diese passten ihr nach wie vor.

Das Tor öffnete sich, und Viktoria trat auf die Straße in die Freiheit. Mit gemischten Gefühlen blickte sie sich um. Ihr Brustkorb war eng. Sie atmete tief ein, um sich zu entspannen. Wie würde ihr Leben wohl weitergehen?

Da kam der klapprige Käfer um die Ecke getuckert. Bella fuhr die Karre und bremste kurz vor Viktoria ab. Beschwingt hüpfte sie aus dem Auto. »Huch!«, rief sie, denn das Auto drohte wegzurollen. Schnell rannte sie zurück und zog die Handbremse an – dann gab es kein Halten mehr. Bella und Viktoria lagen sich in den Armen. Viktoria war von Bellas weißem Kleid geblendet. »Du bist so schön!«

Bella lachte und drehte sich im Kreis. »Ich habe dir ja gesagt: Wenn du freikommst, trage ich Weiß!«

Sie stiegen ins Auto und Bella fuhr los.

»Wohin fahren wir?«, fragte Viktoria.

»Nach Hause«, sagte Bella.

Viktoria legte ihre Hand auf Bellas Oberschenkel. Bella legte ihre darauf.

»Ich bin so glücklich.« Viktoria liefen die Tränen hinunter. Die Anspannung der letzten Monate fiel von ihr ab.

Am späten Nachmittag kamen sie zu Hause an.

Greta empfing die beiden an der Einfahrt. Sie schloss Viktoria in die Arme: »Vicky ... endlich bist du da.«

»Mama, du erdrückst mich«, lachte Viktoria.

»Ich muss die letzten Monate nachholen«, erwiderte Greta und drückte noch fester, bevor sie Viktoria wieder losließ. »Schön, dass du da bist. Ich freue mich.« Greta hakte sich bei Viktoria und Bella ein und sie gingen zu dritt ins Haus.

»Was riecht hier so gut?«, fragte Viktoria. Sie gingen dem exotischen Duft bis in die Küche nach. Dort standen Max und Charlotte und bereiteten ein Gericht mit Curry zu.

»Das ist gerade der letzte Schrei. Die Küche wird mit indischen Gewürzen geradezu revolutioniert«, lachte Max.

Welch schöne Überraschung, ihn dort zu sehen! Viktoria umarmte Max lange. Dann wandte sie sich Charlotte zu. »Ich bin froh, dich zu sehen. Ich kann dir nicht genug dan...« Ihre Stimme versagte, und sie musste wieder weinen.

Charlotte nahm sie in die Arme. »Ich habe jetzt zwei Töchter.« Schnell fügte sie hinzu: »... wenn es Greta recht ist!«

Greta nickte. Sie freute sich, dass die Fehde vorbei war. Es war ein guter Moment für einen Neuanfang.

Später aßen sie gemeinsam zu Abend und gönnten sich einen guten Wein dazu.

»Wir haben eine Überraschung für dich«, sagte Bella zu Viktoria. »Wir wohnen alle hier in einer Wohngemeinschaft.«

Viktoria war begeistert. »Wir alle? Inklusive Max?«

»Ich nicht«, winkte Max ab. »Aber ich habe hier ein Dauergästezimmer, falls es einmal spät wird. Hie und da werde ich bestimmt in der Stadt übernachten. Ist dir das recht?«, fragte er Viktoria.

»Ja natürlich. Und du, Mama?« Viktoria schaute zu Greta.

Greta nickte ihr zu: »Bella hat es mir angeboten und ich finde es eine gute Idee. Keine Angst, ihr werdet genug Privatsphäre haben. Ich werde öfters nach Mailand zu Anna fahren, da ich jetzt keine Zeit mehr für Besuche im Gefängnis einplanen muss. Was meinst du dazu?«

»Mama, ich freue mich sehr darüber. Diese Überraschung ist euch gelungen«, meinte Viktoria und schaute sich die Menschen an, die sie über alles liebte. »Und du, Charlotte, bleibst doch auch hier, oder?«

»Gerne«, antwortete Charlotte lachend.

Die Stimmung war freudig, ausgelassen und entspannt. Einer nach dem anderen stand auf und sprach einen Dankes-Toast aus.

Greta dankte insbesondere Charlotte für ihren Wagemut und ihr Durchsetzungsvermögen. »Lange war ich böse auf dich. Aber du hast Herz gezeigt und dich für die Gerechtigkeit eingesetzt. Ich glaube, das ist der Anfang einer bedeutenden Freundschaft.« Greta zwinkerte Charlotte zu.

Diese errötete zart. »Seit Bellas Mutter hatte ich nie mehr eine Freundin«, sagte sie leise mit feuchten Augen.

Danach zog sich Viktoria zurück. »Meine Lieben, es war ein langer Tag. Ich danke euch allen und hoffe, ihr seid mir nicht böse, dass ich jetzt schon gehe. Aber ich bin erschöpft.«

Nachdem sich Viktoria verabschiedet hatte, blieben sie noch eine Weile sitzen und ließen den Abend gemütlich ausklingen.

Viktoria gewöhnte sich schnell an die wiedergewonnene Freiheit. Die neue Wohnform gefiel ihr mit jedem Tag besser. So war zu Hause immer etwas los.

Neues Leben kam in die Bude. Sie luden Freunde zum Essen ein oder zum Kaffee. Ihr Bekanntenkreis wuchs.

Charlotte hatte oft Besuch von ihren Näh-Freundinnen. Sie besprachen Schnittmuster und Stoffe, und ihre Freundinnen brachten ihre neuesten Kreationen mit. Dabei spielten sie die Platte von Boney M. hoch und runter. Sie konnten von *Rivers of Babylon* nicht genug kriegen.

Greta lud regelmäßig Roger Fehr ein. Sie liebten es nach wie vor, über aktuelle politische Themen zu debattieren. Roger Fehr war, seit er zum Regierungsrat gewählt worden war, politisch eher gemäßigt.

Dafür hatte Greta wenig Verständnis.»Jetzt bist du am Drücker. Du kannst die Welt verändern. Wo ist der wilde Roger geblieben?«

»Die Politmühlen mahlen langsam«, antwortete er.»Ich muss mich in Geduld üben – und du auch! Übrigens habe ich letztes Jahr dem Gefängnis-Chor der Vollzugsanstalt Regensdorf ermöglicht, eine Schallplatte herauszugegeben. Du hättest das Strahlen in ihren Augen sehen sollen, Greta.« Roger lächelte.»Weißt du, steter Tropfen höhlt den Stein. Ich habe mit kleinen Angelegenheiten begonnen. Unterdessen kenne ich meine Pappenheimer: wer mir wohlgesonnen ist, wer mir Steine in den Weg legt. Mit meinen Leuten kann ich jetzt immer größere Projekte anpacken.«

»Das scheint mir eine gute Strategie zu sein.« Greta traute Roger Großes zu.

»Übrigens gibt es gute Nachrichten«, sagte er.»In der aktuellen Zivilgesetzesrevision erhalten ledige Mütter und Kinder bedeutend mehr Rechte. Heute könnten eure Töchter nach Ottos Tod nicht mehr einfach so bevormundet werden.«

Greta schaute zu Boden.»Wie gut, dass die Familienpolitik sich verändert. Das war eine schwierige Zeit für uns. Du weißt gar nicht, was ich tun musste, um die Mädchen zu schützen.«

Roger schaute sie ernst an.»Ich muss nicht alles wissen.«

Greta ging nicht weiter darauf ein und wechselte das Thema:
»Du, Viktoria hat uns erzählt, dass im Frauengefängnis viele administrativ verwahrte Frauen interniert sind. Da müsste sich auch etwas ändern. Was passiert mit diesen Frauen?«

»Im Zusammenhang mit den Anpassungen des Zivilgesetzbuches können junge Frauen und ledige Mütter nicht mehr willkürlich verwahrt werden. Die zurzeit verwahrten Personen werden überprüft und viele von ihnen werden in der nächsten Zeit freigelassen. Wir arbeiten an einem Konzept für Betroffene, damit sie nicht von einem Tag auf den anderen mittellos auf der Straße landen. Dieses Dossier liegt gerade auf meinem Tisch.«

Roger runzelte die Stirn. »Ich möchte diesen – in meinen Augen Opfern – eine Zukunft bieten. Sie sollen ein selbständiges Leben führen können. Glaub mir, das ist eine Herausforderung.«

»Ich bin sicher, dir fällt noch in den Siebzigern etwas Gutes ein.« Greta tätschelte seinen Arm.

»Dann habe ich ja noch Zeit«, witzelte Roger. Er genoss ihre Gesellschaft und die Gespräche mit ihr.

In den nachfolgenden Tagen unternahm Viktoria vieles, was sie in ihrer Gefangenschaft nicht hatte tun können. Sie ging mit Bella im Wald spazieren, wanderte allein durch die Natur oder flanierte gemeinsam mit Bella, Charlotte, Greta und Max durch die Stadt. Sie trank Kaffee, besuchte Museen, Theater und Restaurants.

Viktoria genoss das Leben wie nie zuvor. Die Gefangenschaft hatte ihr den Wert der Freiheit vor Augen geführt. Sie war reifer geworden.

Bei einem Mittagessen am See zeigte Greta auf Viktorias Ohrläppchen.»Was ist das für ein Muttermal? Das hattest du früher nicht. Willst du das einem Arzt zeigen? Nicht dass es etwas Gefährliches ist.«

Viktoria lachte. Die anderen waren verwirrt. Da erzählte sie die Geschichte mit der Tätowierung. Erst jetzt fiel den anderen der Punkt an ihrem Ohrläppchen auf.

Bella sagte aufgeregt:»Das will ich auch!«

Max spielte den Beleidigten:»Und ich, was ist mit mir?«

Viktoria grinste:»Dann bist du auch ein Teufelsweib. Willst du das etwa?«

Max zwinkerte ihr zu:»Hmm ... ich überleg es mir noch mal.«

Die Tage waren heiter. Viktoria genoss das Leben in vollen Zügen.

Einziger Wermutstropfen war, dass sie ihre Beziehung zu Bella in der Öffentlichkeit verstecken musste. Niemand durfte etwas davon erfahren – zu groß war die Gefahr von Repressionen.

In einem ruhigen Moment fragte Viktoria ihre Geliebte:»Meinst du, es kommt der Tag, an dem wir unsere Liebe frei leben können?«

Bella seufzte:»Schön wär's.« Sie waren beide nicht sehr zuversichtlich.

Viktoria fragte Max:»Wie sieht es eigentlich mit deinem Liebesleben aus? Sollen wir für dich eine gute Frau suchen?«

Max lehnte vehement ab:»Um Himmels willen – bloß das nicht! Ich kümmere mich schon selbst darum.«

Tatsächlich gab es Zeiten, in denen er sich seltener blicken ließ. Dann hatte er jeweils ein Lächeln auf dem Gesicht. Nach zwei oder drei Monaten tauchte er aus der Versenkung auf. Zuerst bedrückt und traurig, aber ein paar Tage später war alles wieder beim Alten. Er schien mit den Frauen kein glückliches Händchen zu haben.

Viktoria und Bella verbrachten viel Zeit zu zweit. Behutsam näherten sie sich einander an und genossen die körperliche Nähe, auf die sie so lange hatten verzichten müssen. Sie lagen oft stundenlang im Bett, küssten sich, streichelten sich ... aber mehr passierte nicht. Selbst wenn Viktoria Bella nur leicht berührte, verkrampfte diese sich.

Viktoria fragte behutsam:»Ist es dir unangenehm, wenn ich deine Yoni anfasse?«

Bella war irritiert:»Yoni? Was ist das?«

Viktoria erklärte ihr:»Priska hat mir das beigebracht. Es ist das tantrische Wort für Vagina. Ich finde, das klingt so schön.«

Bella hatte Tränen in den Augen:»Seit der Vergewaltigung ... seither habe ich nie mehr ... du weißt schon ...«

Viktoria nahm ihre Hand:»Mir ging es genauso. Als ich Priska davon erzählt habe, konnte ich kaum atmen. Sie hat mir geholfen, meine seelischen Wunden zu heilen.«

Bella schaute Viktoria mit großen Augen an.»Und ... wie hat sie das gemacht?«

Viktoria schaute Bella liebevoll an:»Durch bewusstes Atmen und absichtslose Berührung. Wollen wir es mal ausprobieren? Ich habe das Gefühl, es könnte für dich genauso hilfreich sein wie für mich. Überleg es dir in Ruhe.«

Bella war entschlossen:»Es gibt nichts zu überlegen. Ich vermisse die Nähe zu dir und will sie wieder erleben! Lass es uns versuchen ... Aber bitte ganz vorsichtig.«

Viktoria war erfreut:»Natürlich. Du bestimmst das Tempo und entscheidest, wann du für den nächsten Schritt bereit bist.« Sie setzte sich neben Bella und erklärte ihr das Ritual – so wie Priska es ihr gezeigt hatte. Danach legten sie sich hin und atmeten gemeinsam ein und aus.

Bella fragte nach einer Weile:»Ist das alles?«

Viktoria musste lächeln.»Das ist der Anfang! Wie fühlt sich das an?«

Bella war erstaunt:»Es entspannt mich ...«

»Das ist das Wichtigste.« Viktoria küsste Bella zärtlich.»Ich liebe dich.«

Bella war glücklich:»Und ich liebe dich.«

Eng umschlungen schliefen sie ein.

In den darauffolgenden Tagen wiederholten sie die Übung immer wieder. Dabei gab Viktoria all das Wissen, das sie von Priska erhalten hatte, an Bella weiter. Schritt für Schritt konnte Bella mehr Nähe zulassen. Tränen flossen. Der erlebte Schmerz kam hoch, zeigte sich und begann zu heilen. Irgendwann gelang es Bella sogar, das Höschen abzustreifen und sich Viktoria ganz hinzugeben. Gemeinsam erlebten sie wunderbare Höhepunkte. Es war ein Feuerwerk der Gefühle.

Wie vielen Menschen man mit dieser Übung wohl helfen könnte, dachte Viktoria. Schnell wischte sie den Gedanken wieder weg. Für den Moment wollte sie nur eines: genießen. Sie sog das Leben auf, das Glück – wie eine Durstende, die nach einem Marsch durch die Wüste zu einer Oase kam und endlich wieder trinken konnte.

9

Tage vergingen, Wochen ... Nachdem die anfängliche Euphorie über ihr neues Leben langsam verflogen war, wurde Viktoria unzufrieden. Sie war nachdenklich.

Bella fragte besorgt:»Was hast du?«

Viktoria war unschlüssig:»Ich weiß nicht ... ich komme mir leer vor. All die Frauen im Gefängnis haben nicht so viel Glück wie ich. Ich fühle mich, als ob ich sie im Stich gelassen hätte.«

Bella horchte auf:»Was meinst du damit?«

Viktoria redete bedacht:»Wir haben einen Pakt geschlossen, dass wir unser Leben zum Besseren verändern, wenn wir aus dem Gefängnis kommen – doch was mache ich? Ich lasse mich treiben, schlage meine Zeit mit banalen Dingen tot. Was könnte ich nicht alles aus meinem Leben machen! Denkst du nicht auch, wir sollten unsere Lebenszeit sinnvoll nutzen?«

Bella meinte:»Na ja, einen ersten Schritt haben wir bereits getan. Wir haben die Wohngemeinschaft gegründet und führen jetzt ein selbstbestimmtes Leben. Aber ich gebe zu: in gewisser Weise geht es mir wie dir. Zuerst war ich Tochter, dann Ehefrau, und jetzt bin ich frei und unabhängig, aber ich weiß trotzdem nichts mit mir anzufangen. Du hast recht. Lass uns das heute Abend mit den anderen besprechen. Was meinst du?«

So saßen sie gemeinsam am Tisch, aßen verschiedene Käsesorten mit frischem Vollkorn- und Birnenbrot, Walnüssen und

Trauben und tranken einen schweren Ornellaia, der perfekt dazu passte.

Bella fragte in die Runde:»Wo ist Max?«

»Er kommt etwas später.« Charlotte strich einen weichen, fast flüssigen Camembert auf das Birnenbrot.»Er sagte, wir sollten schon mal ohne ihn anfangen.«

Greta schaute Bella und Viktoria neugierig an.»Na, ihr beiden? Warum so nachdenklich?«

Es platzte aus Viktoria heraus:»Mama, wir möchten etwas Sinnvolles tun, haben aber keine Ahnung, wie und was. Vielleicht habt ihr ja eine Idee?«

»Also gut. Erzählt mal, was könnt ihr so richtig gut?« Greta packte gleich mit an.

»Schlafen« ...»Essen« ...»Reden« ...»Rechnen« ...»Geschichten erzählen« ...»Tanzen« ...»Organisieren« ...»Kochen« ...»Nähen« ...»Auto fahren« ...»Genießen« ...

Viktoria und Bella zählten allerlei Dinge auf, die ihnen in den Sinn kamen.

Greta musste lachen:»Ach, ihr Teufelsweiber!«

Max kam gerade zur Tür herein:»Und was ist mit mir?«

»Du Teufelskerl. Setz dich zu uns«, lachte Charlotte.

Max antwortete mit gespielt ernstem Gesicht.»Oh, das ist ein Ritterschlag für mich.«

Alle lachten ausgelassen.

»Mann, habe ich einen Hunger!« Max schnitt ein großes Stück Brot ab und bediente sich vom Emmentaler. Zur Nachspeise hatte Greta einen Apfelkuchen gebacken. Er war noch etwas warm und roch köstlich.

»Meine Lieben«, sagte Viktoria beim Kaffee mit ernstem Gesicht. »Ich genieße jeden Augenblick mit euch ... aber jetzt wird es Zeit, dass ich mein Leben wieder in die Hand nehme.« Wie ein Zeitraffer sah sie ihr Leben an sich vorüberziehen. Für einen Moment schwieg sie, bevor sie fortfuhr. »Als Vater verstarb, beschützte Mutter Anna und mich. Sie hat – weiß der Teufel wie – dafür gesorgt, dass wir zusammenbleiben. Es war eine schwierige Zeit. Sie hat sich nie unterkriegen lassen. Wer weiß, was aus uns geworden wäre, wenn sie sich stattdessen immer brav an das Gesetz und alle Regeln gehalten hätte!« Viktoria schaute Greta anerkennend an.

Im Raum war es mucksmäuschenstill.

»Wisst ihr«, begann Viktoria von neuem, »im Gefängnis bin ich Frauen begegnet, die nicht so viel Glück hatten wie ich. Unter fadenscheinigen Gründen wurden sie inhaftiert oder verwahrt, weil sie angeblich kriminell waren oder weil sie uneheliche Kinder geboren hatten, die zum Teil durch Vergewaltigungen gezeugt worden waren. Während die Männer straffrei davonkamen, mussten die Frauen mit den Konsequenzen leben. Für Jahre wurden sie administrativ verwahrt, kamen in eine Anstalt oder hinter Gitter und sahen ihre Kinder nie wieder. Diese Frauen sind schwer traumatisiert – ihr Leben und ihre Würde wurden mit Füßen getreten, und genauso fühlen sie sich auch: als seien sie Abschaum.« Viktoria war sichtlich bedrückt und fuhr fort: »Wir haben im Gefängnis einen Pakt geschlossen und vereinbart, unser Leben zum Guten zu verändern, sollten wir eines Tages entlassen werden. Ich bin jetzt ein freier Mensch. Ich sehe es als meine Pflicht, in dieser Welt etwas zu bewegen. Es ist mein größter Wunsch, mich für diese Frauen einzusetzen – auch sie sollen eine Chance auf ein besseres Leben erhalten!« Viktoria schaute alle an. Sie waren sichtlich gerührt.

»Oh, Viktoria«, rief Charlotte. »Wie tiefgründig du bist. Ich finde deine Gedanken wunderbar.«

Die anderen nickten zustimmend. Charlotte holte ein großes Stück Packpapier, damit sie ihre Ideen daraufschreiben konnten.

Greta war aufgeregt: »Tatsächlich hat mir Roger kürzlich erzählt, dass aufgrund einer Gesetzesänderung viele von diesen betroffenen Frauen in nächster Zeit freikommen. Soviel ich weiß, ist die Regierung dabei, ein Konzept zu erarbeiten. Ich bin davon überzeugt, dass er uns helfen kann. Vielleicht ergibt sich gar eine Zusammenarbeit. Was meint ihr? Soll ich ihn dazuholen?«

Bella meinte erfreut: »Das ist eine gute Idee. Dann können wir gleich Nägel mit Köpfen machen!«

Greta lud Roger ein und sie trafen sich an einem regnerischen Samstagnachmittag.

Roger hörte interessiert zu und erzählte ihnen von seinem Projekt. Dabei erwähnte er auch, dass es fast unüberwindbare Hürden gab. »Wo sollen die Frauen arbeiten? Wir haben Betriebe angefragt, ob sie ehemalige Gefangene im Rahmen eines sozialen Projektes anstellen würden. Die haben uns ausgelacht.« Roger verwarf die Hände und fuhr weiter: »Wer vermietet Wohnungen an alleinstehende Frauen? An ledige Frauen mit Kindern? Wie können sie ein soziales Umfeld aufbauen?

Fragen über Fragen. Bisher biss ich nur auf Granit.« Roger seufzte.

»Ich«, sagte Max trocken.

Roger war verwirrt. »Was – ich?«

Alle Augen waren auf Max gerichtet: »Ich stelle *solche* Menschen ein. Wie ihr wisst, besitze ich eine Metzgereikette, die inzwischen aus einer großen Fleischfabrik und insgesamt zwanzig Filialen besteht. Viele meiner Beschäftigten sind einfache Bauern, die sich bei mir etwas dazuverdienen. Aber das wird auf Dauer nicht reichen. Ich würde mich über weiblichen Zuwachs daher sehr freuen – ich kenne ja die Frauen aus dem Gefängnis und weiß, dass viele von ihnen wegen Bagatellen sitzen. Daher sehe ich das recht entspannt. Ich würde vielleicht nicht jede gleich an der Kasse einsetzen, aber alles andere könnte ich mir gut vorstellen. Außerdem würde ich sie fair bezahlen, und dass sie vorbestraft sind, ist für mich nicht relevant. Ich finde, sie verdienen eine Chance, und ich bin bereit, ihnen diese zu bieten.«

Viktoria rief: »Max, ich weiß gar nicht, was ich sagen soll. Das klingt wundervoll!«

»Großartig!«, bestätigte Bella

»Toll!«, pflichtete Roger bei.

Greta wandte ein: »Wo sollen diese Frauen wohnen?«

Max schaute Bella an: »Neben der Fleischfabrik steht ein leeres Wohnheim. Es wurde einst für die Beschäftigten einer alten Spinnerei gebaut. Gastarbeiter aus Italien oder Portugal haben darin jeweils für ein paar Monate gewohnt – dann gingen sie wieder zurück in ihre Heimat. Das Gebäude steht zum Verkauf. Bella, wäre das vielleicht eine Investition für dich?«

Roger klinkte sich ein:»Bella, wenn du dieses Gebäude kaufst und auf Vordermann bringst, setze ich mich dafür ein, dass die Regierung es von dir mietet, um es den Frauen günstig weiter zu vermieten. Schließlich haben wir ein Budget für dieses Projekt«

Bella überlegt:»Das ist eine gute Idee. Gerne schaue ich mir das mit meinem Treuhänder Gisler an. Er kennt sich damit aus und kann mit dem Kanton alles regeln, falls es zu einem Kauf kommt. So haben die Frauen vorerst ein Dach über dem Kopf.«

Viktoria war begeistert:»In den Dorfmetzgereien können die Frauen die Fleischtheke bedienen. Da kann der Kanton vielleicht ebenfalls Wohnungen anmieten. So tragen die privaten Vermieter kein Risiko und wir räumen den Frauen ein weiteres Hindernis aus dem Weg.«

Roger notierte sich alles:»Viktoria, das könnte funktionieren. Ich fasse zusammen: Die Frauen kriegen Arbeit, ein Dach über dem Kopf und verdienen ihr eigenes Geld. So weit, so gut. Wie steht es mit dem sozialen Umfeld? Viele haben keinerlei Kontakte«, erklärte Roger.

Sie überlegten.

Charlotte sagte schliesslich:»Ich weiß es nicht ... vielleicht müssen wir einfach darauf vertrauen, dass sich das von selbst entwickelt?«

Sie schauten einander ratlos an. In dieser Frage kamen sie nicht weiter.

Greta zuckte mit den Achseln:»Vielleicht muss das für den Moment offenbleiben. Aber zumindest haben wir schon einen guten Plan.« Die anderen nickten zustimmend.

Viktorias Augen funkelten.»Ich werde die Frauen im Gefängnis über unsere grandiosen Pläne informieren. Ich freue mich schon jetzt auf den Besuch.«

Max fügte hinzu:»Und ich schaue, wie wir das in der Fleischerei organisieren.«

»Viktoria«, sagte Bella,»ich werde dich und deine Projekte finanziell unterstützen. Ich vereinbare einen Termin mit Gisler, werde eine Firma gründen und mich ebenfalls um den Kauf des Gebäudes kümmern.«

Roger war ganz in seinem Element:»Bella, ich zeige dir und Gisler eine Geschäftsstruktur auf, damit du mit der Unterstützung vom Staat rechnen kannst. Ihr bietet genau das, was mir bisher gefehlt hat, um mein Projekt voranzubringen. Lasst uns Hand in Hand arbeiten. Bella, es muss nicht alles aus deiner Kasse kommen. Schließlich hat der Staat einen Auftrag zu erfüllen und dafür gibt es wie erwähnt ein Budget. Max – wir werden diese Frauen mit Bewährungshelfern unterstützen, damit sie ein Auffangnetz haben, sollte es Anlaufschwierigkeiten geben. Wir werden die Betroffenen anfangs engmaschig begleiten. Ich kümmere mich um die ordentliche Entlassung der Frauen. Mir fallen bestimmt noch weitere wertvolle Kontakte ein. Ich werde schauen, was sich machen lässt. Bitte gebt mir Bescheid, wenn ihr etwas von mir braucht.«

»Großartig!«, sagte Charlotte.»Und ich werde mich um den Haushalt kümmern, für euch gutes Essen kochen – damit ihr mir nicht vom Fleisch fallt!«

Sie lachten fröhlich und ausgelassen.

In der folgenden Nacht kuschelte sich Viktoria eng an Bella.

Viktoria lächelte:»Zum ersten Mal seit langer Zeit bin ich so richtig zufrieden.«

Bella antwortete verliebt:»Mir geht es genauso. Ich fühle mich leicht.«

Viktoria schaute Bella bewundernd an:»Wenn ich zurückdenke, wie klein und hilflos du anfangs an der Seite von Konrad gewirkt hast, und was aus dir geworden ist – es ist wie Tag und Nacht. Du bist kaum wiederzuerkennen.«

Bella lächelte.»Du hast mir den Floh mit dem Teufelsweib ins Ohr gesetzt und ich glaube, man wird nicht als starke Frau geboren, sondern man wird stark, wenn man den Mut hat, immer wieder aufzustehen und Grenzen zu sprengen. Ich habe mir das zu Herzen genommen, was du gesagt hast. Mir gefällt es, wo ich hingekommen bin. Ich werde diesen Weg weitergehen. Mit dir an meiner Seite.«

»Ach, mein Schatz.«Viktoria küsste Bella leidenschaftlich. Sie genossen den Zauber des Augenblicks und schliefen eng umschlungen ein.

In den nächsten Tagen ging alles Schlag auf Schlag. Die Villa glich einem Wespennest. Alle schwirrten umher, planten, besprachen sich, telefonierten. Eine aufregende Zeit!

Viktoria besuchte die Frauen im Gefängnis. Mit leuchtenden Augen berichtete sie ihnen von den Plänen. Sie dachte, die Frauen würden Purzelbäume schlagen vor Freude – doch weit gefehlt. Sie hielten Viktorias Ideen für Luftschlösser und waren felsenfest davon überzeugt, dass es für sie keine Zukunft gab. Viktoria solle sich nichts vormachen und endlich akzeptieren, dass es da draußen keinen Platz für sie gäbe. Viktoria war enttäuscht. Damit hatte sie nicht gerechnet.

Fast täglich trafen sich alle zu einem Austausch. Roger Fehr war anfangs stets dabei. Das vereinfachte die Kommunikation. Frustriert teilte Viktoria den anderen das Erlebte mit.

Greta brachte es auf den Punkt:»Solange wir keine konkreten Ergebnisse haben, werden uns die Frauen nicht glauben.« Roger hatte ein Ass im Ärmel.»Was haltet ihr davon, wenn wir die Presse einschalten?« Sein Vorschlag verschlug Viktoria beinahe die Sprache.»Die Presse? Nach alldem, was diese windigen Journalisten über mich geschrieben haben? Mörderin? Flittchen? Nie gab es eine Entschuldigung oder Richtigstellung ... pah!«

Nachdenklich fügte Charlotte hinzu:»Stellt euch vor, sie finden heraus, dass Max ehemalige Knastfrauen beschäftigt – sie würden seine Firma und die betroffenen Frauen in der Luft zerreißen!«

»Es kommt ganz darauf an«, wandte Roger ein.»Schließlich entscheiden wir, was wir ihnen erzählen – so behalten wir die Kontrolle.«

Bella gefiel die Idee:»Roger, wenn du als Regierungsrat zur Presse gehst, kriegt das Ganze einen seriösen Boden. Wir lassen unseren Worten Taten folgen, und du wirst die Ergebnisse den Medien präsentieren. Das könnte funktionieren.«

Max meinte mit ehrlicher Bewunderung:»Wow, Bella. Bemerkenswert!«

Bella sprach weiter:»Roger hat mir eine gute Firmenstruktur aufgezeigt. Ich habe mich dazu entschlossen, eine Firma zu gründen. Das Ziel ist, lokalen Organisationen und Netzwerken unter die Arme zu greifen, die sozial benachteiligte Frauen unterstützen. Gisler bereitet gerade alles vor. Ich werde ihn stoppen, abwarten und beobachten, wie es weitergeht. Schließlich macht das alles keinen Sinn, solange keine Frau mitmacht.«

»Das ist eine gute Entscheidung«, pflichtete Greta ihr bei. Die anderen nickten zustimmend.

Roger gab schon bald der Presse ein Interview, in dem er die Initiative der Frauen und Max' Unternehmen lobend erwähnte.

Der Beitrag stieß eine Reihe kontroverser Debatten an – auch Max bekam das zu spüren. Manche Kunden beschimpften ihn sogar auf offener Straße und kündigten an, ab sofort bei der Konkurrenz einkaufen zu wollen.

Viktoria tat das leid, doch Max ließ sich davon nicht beeindrucken. »Mach dir keine Gedanken, das wird sich schon wieder legen. Außerdem mögen die Leute mein Fleisch. Sie werden wiederkommen.«

Bald hatte sich unter den Frauen im Gefängnis herumgesprochen, dass es da draußen tatsächlich Arbeit für sie gab. Allmählich begannen sie, Viktorias Worten Glauben zu schenken. Roger Fehr veranlasste unterdessen die vorzeitige Entlassung einiger der administrativ verwahrten Frauen. Sie arbeiteten nun für Max. Der Gefängnisdirektion gefiel das nicht sonderlich. Der Verlust dieser Frauen schmälerte den Gewinn der Anstalt. Doch sie konnte nichts dagegen tun. Die Gesetze hatten sich geändert.

Max behielt recht: Tatsächlich konnte er seine Umsätze sogar noch bedeutend steigern. Vor den Geschäften bildeten sich lange Schlangen – jeder wollte wissen, wer diese verruchten Frauen waren, die jetzt bei Max arbeiteten. Menschen sind komisch, dachte Viktoria.

Bei einem Abendessen berichtete Max von seinen Erfahrungen mit den Frauen. »Wisst ihr, was? Früher musste ich die Mitarbeiter oft ermahnen, sich zu waschen und ordentlich anzuziehen. Seit die Frauen mit ihnen zusammenarbeiten, ist das überhaupt kein Thema mehr. Jetzt kommen sie immer sauber und gekämmt zur Arbeit. Und wisst ihr, was noch besser ist? Die ersten Paare haben sich gefunden! Alles in allem würde ich sagen, dass die soziale Integration wunderbar funktioniert. Ist das nicht großartig? Vielleicht gibt's schon bald die erste Hochzeit!«

Alle waren begeistert und freuten sich.

Bella war Feuer und Flamme: »Jetzt lasse ich Gisler die Firma gründen. Was haltet ihr davon, wenn wir uns ein Büro mieten?«

Greta klatschte in die Hände. »Das ist eine gute Idee, so könnten wir Geschäftliches und Privates besser trennen.«

Viktoria teilte ihre Meinung. »Mir wäre das recht. Ich merke, dass ich abends gar nicht richtig abschalten kann. Meine Gedanken kreisen weiter, auch wenn ich zu Bett gehe.«

Das hatte Bella vermutet. »Dann kümmere ich mich drum.«

Sie mietete ein helles Büro in der Innenstadt und stellte Mitarbeiter für das Sekretariat und die Buchhaltung ein. In einem großen Raum richtete sie für Max, Viktoria, Greta und sich je einen Arbeitsplatz mit eigenem Telefon ein. So hörte jeder bei jedem mit und alle waren über alles informiert. In der Küche wurde eine moderne Kaffeemaschine installiert – ein kleiner Knopfdruck reichte, und schon sprudelte der wohlduftende Kaffee in die Tassen. Wenngleich das Büro nur ein paar Gehminuten von der Villa entfernt war, gelang es ihnen weit besser, Geschäftliches vom Privaten zu trennen.

Sie arbeiteten fleißig, waren kreativ und hatten ständig neue Ideen.

Bella meinte nach einem langen Wochenende: »Als ich misshandelt wurde, gab es keinen Ort, an dem ich sicher gewesen wäre. Keine Wohnung, in der ich mich vor Konrad hätte verstecken können. Wie wäre es also, wenn wir einen Wohnblock mieten und diesen als Zufluchtsort für Frauen in Not bereithalten?«

Max konnte es kaum fassen: »Ist es nicht verrückt, dass du in deiner Not keinen Zugriff auf eine deiner Wohnungen hattest und diesem Mann komplett ausgeliefert warst? Das muss schrecklich gewesen sein.«

Bella erinnerte sich nicht gerne an die alten Zeiten. »Ja, das war es. Aber jetzt haben wir die Chance, anderen Frauen in ähnlichen Situationen einen Ausweg zu bieten.«

Viktorias Augen strahlten. »Das ist großartig, Bella!«

Bella kümmerte sich umgehend darum. Es war schwierig, ein ganzes Gebäude zu mieten. Außerdem erhielt sie Absagen, als die Vermieter hörten, worum es ging. Also versuchte sie, einen Block im Großraum Zürich zu kaufen. Gisler fand ein passendes Objekt. Sie kaufte es und ließ es renovieren. Die Frauen sollen sich wohlfühlen, wenn sie gebeutelt vom Schicksal hier ankamen. Bella liebte diese Arbeit. Sie hatte das Verhandlungsgeschick von ihrem Vater geerbt. Das Haus wurde eingeweiht und der kantonalen Frauenzentrale übergeben. Diese war die Anlaufstelle für betroffene Opfer und hatte Zugang zu Stiftungen und Kirchen, die diese Frauenhäuser finanziell unterstützen. Das machte am meisten Sinn. Roger hatte das eingefädelt und für Bella blieb unter dem Strich sogar ein kleiner Gewinn. Hätte sie das Haus privat vermietet, hätte sie bestimmt mehr verdient. Aber so stimmte es für sie:»Wenn ich mit all dem Geld die Not von anderen lindern kann, bin ich glücklich«, sagte sie eines Abends zu Viktoria.

Viktoria berührte diese Aussage:»Du bist der beste Mensch, den ich kenne«, hauchte sie ihrer Geliebten ins Ohr.

Ein Projekt nach dem anderen kam hinzu. Roger nutzte die Presse geschickt und machte dabei eine gute Figur. Gerne hätte er auch die Namen der Teufelsweiber öffentlich preisgegeben. Das wollten diese aber unter keinen Umständen.

»Schade«, sagte Roger,»es wäre wichtig, dass starke Frauen in der Öffentlichkeit gesehen und wahrgenommen werden. Ihr wärt Vorbilder für die folgenden Generationen.«

»Ich bin noch nicht so weit«, entgegnete Viktoria. Die anderen pflichteten ihr bei.

Dann kam der Tag, an dem Priska aus dem Gefängnis entlassen wurde. Viktoria hatte ihr eine Wohnung in der Stadt gemietet. Sie wollte unbedingt, dass Priska es dieses Mal schaffte. Es war eine kleine, hübsche Zweizimmerwohnung. Viktoria hatte sie schlicht und liebevoll eingerichtet. Sogar der Kühlschrank war mit Leckereien gefüllt. Priska kam mit dem Zug, und Viktoria holte sie am Bahnhof ab. Gemeinsam fuhren sie zur Wohnung. Priska war still, als sie eintrat. Sie ging durch den Gang ins Wohnzimmer, zur Küche, zum Bad mit Badewanne und schließlich zum Schlafzimmer.

Viktoria war ganz aufgeregt. »Sag schon, wie findest du die Wohnung?«

Priska schaute sie mit Tränen in den Augen an, wollte den Mund öffnen und etwas sagen, aber ihre Stimme war tränenerstickt.

»Komm her.« Viktoria umarmte sie. Priska kuschelte sich an sie und hielt die Tränen nicht mehr zurück.

Sie schluchzte: »Es ist ... als ob ich ... das erste Mal in meinem Leben ... zu Hause ankomme.«

»Sch ... sch ... alles gut ... Du bist nicht allein und ich helfe dir auf die Beine. Aber jetzt ruh dich erst mal aus. Ich lass dich allein, damit du in Ruhe ankommen kannst, und morgen hole ich dich ab, sagen wir um neun? Wir haben einige Ideen, die dich interessieren könnten.« Viktoria zwinkerte ihr liebevoll zu und verabschiedete sich.

»Danke, Viktoria ... danke.« Leise schloss Priska die Tür hinter sich.

Am nächsten Tag fuhren sie ins Büro. Priska schaute sich um. »Wow, das sieht großartig aus!«, staunte sie, »so hell und freundlich.«

»Ja, wir fühlen uns auch wohl«, pflichtete Viktoria bei und stellte ihr Bella vor.

»Schön, dich kennen zu lernen.« Priska freute sich.

Sie setzten sich um Bellas großes Pult.

»Priska, wie stellst du dir deine Zukunft vor? Dein Leben?« Bella schaute ihr direkt in die Augen.

Pi war schüchtern. »Na ja ... ich kann nähen ... Ich könnte in einer Näherei arbeiten. Oder in einer Wäscherei.«

Bella liess nicht locker. »Mich interessiert weniger, was du kannst, als vielmehr, was dir Freude bereitet. Was würdest du gerne tun? Wie möchtest du dein Geld verdienen?«

Priska fühlte sich sichtlich unwohl.

Viktoria nahm ihre Hand. »Priska, du hast eine Gabe. Du weißt das. Du hast mir ...«, sie schaute zu Bella, »... uns ... sehr geholfen. Wir konnten gemeinsam unsere Wunden heilen. Dank dir. Priska, wenn du möchtest, helfen wir dir, eine Schule für Körperarbeit zu eröffnen. Da kannst du dein ganzes tantrisches Wissen einfließen lassen. Was meinst du?«

Priska sah die beiden aus großen Augen an. »Eine Tantra-Schule? Seid ihr verrückt? Das wird als unsittlich abgekanzelt. Ich werde dafür angeklagt und lande einmal mehr im Gefängnis. Glaubt mir. Es ist das Letzte, was ich tun werde. Bei aller Liebe, aber das geht zu weit!« Priska war außer sich.

Bella räusperte sich: »Ich verstehe, was du meinst. Deshalb haben wir uns schlaugemacht. Wir eröffnen ein Therapiezentrum und stellen einen Psychotherapeuten ein. Damit decken wir alle gesetzlichen Vorgaben ab. Du wirst ebenfalls angestellt.«

Priska schaute ungläubig. »Angestellt? Als was?«

Viktoria fuhr mit ernstem Gesicht fort:»Als Kursleiterin für Persönlichkeitsentwicklung.«

Bäng. Das saß.

Priska stammelte:»Ah ... und dann? Kann ich unterrichten, was ich möchte? Kriegt ihr keine Probleme? Und ich?«

»Nun, es ist so«, fuhr Bella fort,»da du angestellt bist, tragen wir als Unternehmer das Risiko. Du hast Narrenfreiheit. Wir sind davon überzeugt, dass du deine Kurse achtsam aufbaust. Vielleicht zuerst nur mit Frauen, später mit gemischten Gruppen. Du bestimmst das Tempo. Was meinst du dazu?«

Priska senkte den Blick.»Wenn ich so arbeiten könnte, würde mein größter Wunsch in Erfüllung gehen. Ich wollte immer etwas Sinnvolles machen. Menschen unterstützen. Ich dachte, das wäre nur in Indien möglich. Ihr gebt mir die Gelegenheit, die indische Weisheit in die Schweiz zu tragen und den Menschen vor Ort zu helfen. Das wäre wunderbar. Meint ihr, es klappt auf diese Art? Seid ihr sicher?«

Viktoria und Bella sagten gleichzeitig.»Ja!«

Priska war ganz aufgeregt.»Darf ich es mir überlegen?«

Viktoria zwinkerte ihr zu.»Klar, nimm dir Zeit!«

»Ach was. Ich habe es mir überlegt. Ich bin dabei!« Priska riss die Arme hoch.»Hurra! Ich freue mich riesig!«

Viktoria und Bella waren überglücklich.»Das feiern wir heute alle zusammen zu Hause. Priska, wir laden dich zum Abendessen ein. Dann lernst du auch den Rest der Bande kennen.«

Priska verstand sich sofort mit Charlotte und Greta. Max kannte sie schon. Sie alle freuten sich über den zusätzlichen Geschäftszweig und stießen mit Champagner an.

Charlotte dachte weiter:»Wie wollt ihr das Therapiezentrum nennen?«

Viktoria stellte fest:»Wir haben noch keinen Namen.«

»Erscheint das Wort *Tantra* im Namen?«, fragte Max.

Bella meinte:»Nein, auf keinen Fall. Damit erregen wir zu viel Aufsehen. Das wäre wohl nicht zielführend.«

»Papperlapapp«, sagte Charlotte,»wer versucht, unauffällig zu sein, fällt auf. Nennt das Kind doch beim Namen. Steht selbstbewusst dazu, dann werden die Menschen nicht argwöhnisch.«

Bella und Viktoria amüsierten sich.»Charlotte? So kennen wir dich ja gar nicht.«

»Ich schon«, sagte Greta,»stille Wasser sind tief. Man unterschätzt sie. Deshalb können sie sich frei bewegen. Ich habe dir das Mauerblümchen nie abgenommen.« Jetzt lachten Greta und Charlotte. Die beiden waren unterdessen beste Freundinnen geworden und unternahmen viel gemeinsam. Wer hätte das gedacht!

Max pfiff anerkennend.»Von euch können wir noch viel lernen.«

Bella fragte Priska:»Was wäre für dich ein passender Name?«

Priska sagte wie aus der Pistole geschossen:»Wie findet ihr: *Viktorias Inspiration*? Für die Kurse, meine ich.«

Viktoria intervenierte:»Oh, das steht mir nicht zu. Ich schmücke mich nicht gern mit fremden Federn.«

Priska schaute zu Boden.»Ich möchte als Person im Hintergrund stehen. Die Schule soll nicht meinen Namen tragen. So ist es für mich einfacher, ein neues Leben zu starten. Viktoria, du hast mich von Anfang an als Therapeutin ernst genommen. Du hast mich inspiriert. Ich würde mich genau mit diesem Namen sehr wohl fühlen.«

Viktoria war baff. Den anderen gefiel diese Idee, und Viktoria willigte schließlich ein.

Priska fuhr fort:»Und wenn ich noch etwas sagen darf?«

Bella lachte:»Klar, nur zu. Wir machen gerade Nägel mit Köpfen.«

Priska bat:»Also, mir wäre es wichtig, dass ich mich regelmäßig weiterbilden kann. Indien inspiriert mich, und weitere ausgewählte Kurse würden meine Kompetenz stärken. Die Reise und die Kurse würde ich aus eigener Tasche bezahlen und ...«

Viktoria fiel ihr ins Wort:»Papperlapapp. Wir investieren in dich und deine Weiterbildung. Qualität und Wachstum sind uns wichtig. Wir sind davon überzeugt, dass du mit deinen Kursen bald erfolgreich sein wirst. Wenn du die Kurse nicht mehr alleine bewältigen kannst, stellen wir zusätzliche Leute ein. Ich persönlich würde dir gerne bei den Kursen assistieren. Da kann ich bestimmt viel Interessantes dazulernen. Bildest du mich aus?«

Insgeheim schlummerte diese Idee schon länger in ihr.

Priska war gerührt.»Natürlich mach ich das. Ihr seid einfach klasse. Ich freue mich auf meine neue Aufgabe und werde euch nicht enttäuschen.«

Sie schauten sich alle an und erkannten, dass sich etwas Großartiges entwickelte, was die Menschen von Grund auf unterstützen würde.

Bella beauftragte Gisler, ein passendes Unternehmen zu gründen, und nannte es *Viktorias Inspiration*. Viktoria und Priska besuchten Kurse am C. G. Jung-Institut und lernten alles über die Psychoanalyse. Neugierig erforschten sie in weiteren Seminaren Körperarbeit, Atemtechnik und viele weitere Anwendungen. Sie lernten gemeinsam, gingen zusammen durch ihre Prozesse und ergänzten sich in der Kursleitung wunderbar. Die Arbeit mit dem Psychoanalytiker war befruchtend. Sie lernten viel voneinander. Das Geschäft lief prächtig. Die Kurse wurden von Anfang an überrannt. Sie mussten schon bald expandieren. Es war nicht einfach, die geeigneten Leute zu finden, die in einer solchen Umgebung arbeiten wollten. Das war manchmal zermürbend. Aber sie fanden immer eine Lösung.

Die Zeit verging. Ein Schauspieler namens Ronald Reagan wurde Präsident von Amerika, Helmut Kohl ein Jahr später deutscher Bundeskanzler, CD-Player lösten die Plattenspieler ab, der Denver-Clan unterhielt die Fernsehzuschauer, der Gameboy eroberte die Kinderzimmer. Die neue deutsche Welle erfasste die Radiostationen, Nena schickte neunundneunzig Luftballons zum Horizont, und die Berliner Mauer fiel.

Viktoria, Bella, Greta, Charlotte, Max und Priska konnten das zehnjährige Jubiläum ihrer Geschäftstätigkeit feiern. Unglaublich, was sie alles auf die Beine gestellt hatten! Sie hatten ihre Leidenschaft zum Beruf gemacht und taten dabei noch Gutes – was gab es Schöneres? Bei regelmäßigen Treffen tauschten sich über ihre Erfahrungen aus. Jeder war stets über das Leben der anderen informiert. Es lief alles wie am Schnürchen. Max war mit seiner männlichen Sichtweise oft Gold wert und brachte Aspekte ein, die sie ohne ihn übersehen hätten.

Welch glückliche Fügung des Schicksals, dachte sich Viktoria, wenn sie morgens neben Bella aufwachte. Sogar wenn ihre Geliebte mit offenem Mund schnarchte, war sie wunderschön. Viktoria stand auf, öffnete die schweren Vorhänge und ließ die Morgensonne ins Schlafzimmer.

»Aufwachen, Bella, der Tag ruft!« Bella brauchte morgens immer länger als sie – deshalb bereitete Viktoria einen starken Kaffee zu und brachte ihn Bella ans Bett. So starteten sie in den Tag.

»Bella, ich liebe dich so sehr«, hauchte Viktoria ihr ins Ohr. »Mit dir bin ich einfach wunschlos glücklich.«

Bella machte ein ernstes Gesicht.

Viktoria fragte erschrocken:»Was hast du?«

Bella fiel es sichtlich schwer, ihren Wunsch auszusprechen. »Viktoria, du bist meine große Liebe, und ich wünsche mir so sehr, dieser Liebe die Krone aufzusetzen.«

Viktoria war neugierig.»Denkst du an etwas Konkretes?«

Bella nahm ihren Mut zusammen:»Ich möchte mit dir nach Mexiko reisen. Und ich möchte ein Kind mit dir.«

Viktoria war baff:»Das mit Mexiko ist eine wunderbare Idee. Aber ein Kind? Wie soll das gehen? Du weißt doch, dass wir dazu einen Mann brauchen.«

Bella hatte das bedacht.»Ich weiß. Wir könnten vielleicht Max fragen. Versteh doch, es ist mir einfach sehr wichtig.«

Viktoria seufzte. »Aber Bella, man wird dir das Kind wegnehmen, wenn du nicht verheiratet bist!« In ihr kamen alte Erinnerungen hoch.

Bella setzte sich auf. »Nun, die Zeiten haben sich geändert. Als Roger das letzte Mal bei uns war, habe ich ihn darauf angesprochen. Er hat mir folgende Passage des neuen Kinderrechts und der Stellung von ledigen Müttern kopiert, das von einem Rolf Zwahlen geschrieben worden war.« Bella reichte Viktoria ein Blatt, das sie im Nachttisch aufbewahrt hatte.

Darauf stand: »Das neue Recht geht davon aus, dass grundsätzlich jede Mutter, ob verheiratet oder nicht, fähig ist, ihr Kind selbst zu erziehen. Deshalb soll die elterliche Gewalt, wenn die Eltern nicht verheiratet sind, primär der Mutter zukommen. Von diesem Grundsatz kann nur abgewichen werden, wenn Gründe vorliegen, welche einen Entzug der elterlichen Gewalt rechtfertigen (Unmündigkeit, Entmündigung und Tod der Mutter; Entzug der elterlichen Gewalt aus Kindesschutz-Interessen, zum Beispiel zur Verhütung einer Verwahrlosung). In solchen Fällen wird die elterliche Gewalt dem Vater zugesprochen oder das Kind erhält einen Vormund. Hier steht das Wohl des Kindes im Vordergrund, das heißt, es wird diejenige Massnahme getroffen, die der positiven Entwicklung des Kindes am besten dient.«

Viktoria las und schaute Bella schräg an. »Wie lange hegst du schon diesen Wunsch?«

Bella war etwas verlegen. »Seit einem Jahr.«

»Und du hast das so lange vor mir geheim gehalten?« Viktoria lachte. »Das ist dir bestimmt schwergefallen.«

Bella musste nun auch lachen.»Ja, in der Tat. Aber ich wollte es zuerst mit mir selbst ausmachen, bis ich sicher sein konnte, dass es mir ernst damit ist.«

Viktoria dachte nach und meinte:»Um eines klarzustellen: Du solltest nicht mit Max schlafen ... nicht wegen mir, sondern weil ich glaube, dass es ein zu großes Opfer für dich wäre. Ich weiß, dass das nicht spurlos an dir vorüberginge – nach all den Erfahrungen mit Konrad. Wenn das Kind auf der Welt wäre, würdest du immerzu *daran* denken müssen. Das wäre dir und dem Kind gegenüber nicht fair.« Viktoria war besorgt.

Bella war sich dessen bewusst und wischte Viktorias trübe Gedanken beiseite.»Das geht auch anders. Charlotte hat doch diese riesige Spritze, mit der sie jedes Jahr die Weihnachtsgans beträufelt!«

Viktoria lachte:»Na, vielen Dank! Jetzt werde ich nie mehr eine Weihnachtsgans essen können!«

Bella grinste.»Wir werden uns eine eigene Spritze kaufen.«

»Ich sehe: Du hast an alles gedacht.« Viktoria umarmte Bella.

Viktoria erinnerte sich an den anderen Wunsch.»Lass uns über Mexiko reden. Wollen wir vor dem Kind oder mit dem Kind reisen?«

Mit einem Mal wurde Bellas Blick ganz sanft:»Stell dir vor, wir würden das eines Tages mit unserem Kind machen. Wäre das nicht wunderschön?«

Bellas Begeisterung war ansteckend.»Ja, das machen wir! Das Leben ist so schön mit dir – ich liebe dich«, hauchte Viktoria. Sie umarmten sich lange und innig.

Mit der Zeit fand Viktoria immer größeren Gefallen an der Idee, eine eigene Familie zu gründen. Unwillkürlich hatte sie das Bild vor Augen, wie Bella, Max und sie mit dem Kind im Garten spielen würden. Welch wunderbare Vorstellung.

Am Tag darauf weihten die beiden Frauen Max bei einer Kaffeepause in ihre Pläne ein:»Wir wollen ein Kind!«, sagte Viktoria. Max verschluckte sich fast an seinem Kaffee.»Ein Kind? Und von wem soll das sein? Vom heiligen Geist?«

Bella sagte ohne Umschweife:»Nein, wir wollen ein Kind von dir!«

Da rutschte Max vor Schreck die Tasse aus der Hand. Die braune Brühe verteilte sich auf dem ganzen Tisch.

Viktoria holte einen Lappen und fragte lachend:»Noch einen Kaffee?«

Nachdem Max wieder Herr der Lage war, sagte er:»Bitte einen doppelten Espresso. Verstehe ich das richtig? Ihr wollt ein Kind und ich soll es zeugen? Wie stellt ihr euch das eigentlich vor?«, hakte er nach. Er war sich bewusst, dass die beiden es ernst meinten.

Bella sagte, als ob es das Normalste der Welt sei:»Na, das ist doch ganz einfach! Ich werde das Kind austragen und wir drei werden dann seine Eltern sein!«

Viktoria fügte hinzu:»Max, wir lieben dich und vertrauen dir. Wir könnten uns keinen besseren Vater für unser Kind vorstellen.«

Max runzelte die Stirn. Er wusste noch nicht so recht, was er davon halten sollte.»Und wie würde das ... ähm ... passieren?«

Als sie ihm von der Idee mit Charlottes Spritze erzählten, musste er unwillkürlich lachen. »Also gut, ich werde es mir überlegen«, sagte er schließlich.

»Ja, mach das«, erwiderte Bella und nickte ihm zu. »Die Entscheidung liegt ganz bei dir – und solltest du Nein sagen, ist das auch absolut in Ordnung. Ich hoffe, das weißt du!«, fügte Viktoria hinzu. Sie umarmten sich kurz und gingen zurück zur Arbeit. Max beschloss, sich erst einmal die Beine an der frischen Luft zu vertreten. Er brauchte jetzt einen freien Kopf.

An einem Sonntagmorgen – Charlotte und Greta waren zu einer Matinee gefahren – frühstückten die drei ausgiebig. Max servierte Champagner.

Bella fragte neugierig: »Na, du bist gut! Haben wir etwas zu feiern?«

»Oh ja, das haben wir«, sagte Max. »Ich habe einen Entschluss gefasst.«

Viktoria und Bella blieb beinahe das Herz stehen.

Max räusperte sich. »Nun gut, die Antwort lautet: Ja, ich möchte der Vater eures Kindes sein – unter der Voraussetzung, dass wir das Kind gleichberechtigt erziehen und ich fest bei euch wohne.« Er schrie: »Hurra! Wir werden Eltern!«, köpfte den Champagner und füllte die Gläser.

»Ach Max, du bist der Beste!«, jubelten jetzt auch die Frauen und prosteten sich zu. Sie umarmten sich und taten etwas, was sie schon länger nicht mehr getan hatten: Sie tanzten zu den Klängen der Rolling Stones durch das ganze Haus und feierten ihr wohl schönstes gemeinsames Projekt.

Später setzten sie sich zusammen und dachten über die nächsten Schritte nach. Viktoria ging es pragmatisch an: »Bella, wir brauchen einen Frauenarzt. Hast du einen guten?« Bella erwiderte: »Oh, ich habe gar keinen. Bisher habe ich nie was gehabt. Gibt es auch Ärztinnen? Das wäre mir lieber.«

Viktoria holte das dicke Telefonbuch und schaute unter *Frauenarzt* nach. Tatsächlich fand sie eine Ärztin ganz in der Nähe. »Schau mal, wie wäre es mit der hier, Susanne Hofer? Wollen wir sie anrufen?« Sie schaute zu Bella.

»Ja«, antwortete diese entschlossen.

Schnell hatten sie einen Termin. Aufgeregt saßen sie im Wartezimmer – dann war es endlich so weit, und sie wurden zur Ärztin geführt.

Viktoria traute ihren Augen kaum, als sie die Dame im weißen Kittel sah: »Susi, du?«

Bella war verwirrt. »Kennt ihr euch?«

»Ja«, meinte die Ärztin freudig. »Wir kennen uns seit der Schulzeit und waren beste Freundinnen.«

Die beiden umarmten sich.

Viktoria sagte erstaunt: »Ich hätte nie gedacht, dass dich dein Vater studieren lässt – so streng und konservativ, wie er war.« Sie betrachtete anerkennend die Urkunden, die an der Wand hingen.

»Das wollte er auch nicht. Aber meine Mutter drohte, ihn zu verlassen, sollte er sich dagegenstellen«, antwortete Susi lachend. »Inzwischen ist er ganz froh, dass er sich damals nicht durchgesetzt hat. Er ist sehr stolz auf mich. Außerdem ist er ein wunderbarer Großvater für meine vier Kinder. Er ist jetzt im Ruhestand, und ich führe seine Praxis weiter.«

»Wer hätte das gedacht! Ich gratuliere dir zu diesem Erfolg, du hast es dir wirklich verdient. Was für ein wunderbarer Wink des Schicksals, dass du nun Bellas Ärztin bist«, sagte Viktoria – dann ließ sie die beiden allein.

Später bat Susi Viktoria wieder in das Sprechzimmer. »So weit sieht alles gut aus. Die Resultate der Blutprobe werde ich euch in den nächsten Tagen zukommen lassen. Bella ist mit ihren zweiunddreißig Jahren nicht mehr die Jüngste, und so könnte es etwas dauern, bis sie schwanger wird. Habt Geduld. Wenn in einem halben Jahr nichts passiert, besprechen wir das weitere Vorgehen.« Zum Abschied umarmten sie sich noch einmal. Beschwingt gingen Viktoria und Bella nach Hause. Man hätte meinen können, sie würden fliegen. Sie waren überglücklich.

Nach ein paar Tagen erhielten sie die Ergebnisse der Blutproben – diese zeigten keinerlei Auffälligkeiten. Die nächste Zeit waren sie mit der Berechnung des Eisprungs beschäftigt – auch Max gab sein Bestes. Wenn er sich jeweils in sein Zimmer zurückzog und dann mit rotem Kopf und gefülltem Becher wieder herauskam, konnten sich Viktoria und Bella ein Grinsen nicht verkneifen. Und dann hieß es – abwarten. Jedes Mal, wenn es nicht anschlug, waren sie traurig. Sie rappelten sich wieder auf und versuchten es erneut.

Ein halbes Jahr passierte nichts und sie vereinbarten einen weiteren Termin. Während Bella untersucht wurde, ging Viktoria im Warteraum auf und ab. Ungeduldig blickte sie auf die Uhr. Warum dauerte das nur so lange?

Endlich war die Untersuchung vorbei, und Viktoria wurde ins Sprechzimmer gebeten. Ein beklemmendes Gefühl stieg in ihr hoch.

»Bitte nimm Platz«, sagte Susi und wies auf den Stuhl neben Bella. »Bella, deine Blutsenkungsgeschwindigkeit ist erhöht – das bedeutet, dass du entweder schwanger bist oder eine Entzündung im Körper hast. Im Ultraschall habe ich keine Schwangerschaft erkannt. Aber vielleicht ist es einfach noch zu früh dafür.«

Viktoria war verwirrt. »Was ist ein Ultraschall?«

Susi zeigte voller Stolz auf ein Gerät neben der Untersuchungsliege. »Das ist das neueste Gerät, mit dem man leicht in den Körper hineinschauen kann. Früher musste man aufwendig röntgen. Das kann man sich heute ersparen.« Susi fuhr fort: »Die Blutwerteanalyse inklusive Schwangerschaftstest und den Befund für den Scheidenabstrich werde ich in den nächsten Tagen erhalten. Dann wissen wir mehr.« Sie verabschiedeten sich.

Bella strahlte. »Was meinst du, bin ich schwanger?«

»Das wäre wunderbar«, sagte Viktoria etwas besorgt.

Bella bemerkte Viktorias Zweifel. »Jetzt sei doch nicht immer so pessimistisch. Schau, was wir schon alles geschafft haben. Glaube mir, das Glück ist mit uns – bald werden wir unser eigenes Kind in den Armen halten!«

Sie umarmten sich.

»Ach, Bella«, sagte Viktoria etwas entspannter, »du hast bestimmt recht.«

Beim nächsten Arzttermin verspäteten sie sich. Sie hatten Charlotte und Greta, die gemeinsam ein paar Tage im Tessin verbringen wollten, zum Bahnhof gebracht – dann fiel Bella ein, ein paar Stützstrümpfe kaufen zu wollen.

»Die werde ich bald brauchen«, frohlockte sie. Als sie fast eine Stunde zu spät in der Praxis ankamen und sich bei Susi für die Verspätung entschuldigten, ging diese jedoch nicht weiter darauf ein.

Mit ernstem Gesicht bat sie die beiden ins Sprechzimmer.

»Ich habe keine gute Nachricht für euch.«

Sofort griff Viktoria nach Bellas Hand. Sie war eiskalt.

Susi schaute Bella an. »Du bist definitiv nicht schwanger.«

»Aber das kann ja noch werden, oder?«, fragte Bella unsicher.

Susi schaute betreten. »Das Resultat der Untersuchung ist leider eindeutig. Es tut mir leid, dir sagen zu müssen, dass du Gebärmutterkrebs hast.«

Viktoria hielt den Atem an. Das war ein Schlag in die Magengrube.

Bella sagte mit tränenerstickter Stimme: »Ich hätte es wissen müssen. Mama hatte es bereits ... und ist daran gestorben.«

Viktoria versuchte einen klaren Kopf zu kriegen und fragte Susi: »Was schlägst du vor?«

Susi antwortete so ruhig, wie es ihr möglich war: »Bella, es ist notwendig, deine Gebärmutter operativ zu entfernen. Dann wirst du zwar keine Kinder mehr bekommen können, aber du kannst immer noch sehr alt werden. Ich weiß, das ist gerade ein großer Schock und es tut mir so leid, dass ich euch keine bessere Nachricht überbringen kann.« Sie räusperte sich. »Am besten überlegt ihr euch das in Ruhe und kommt in ein paar Tagen wieder. Dann besprechen wir alles Weitere.« Sie verabschiedeten sich bedrückt.

Auf dem Heimweg sprachen Viktoria und Bella kein Wort. Als sie zu Hause ankamen, ging Bella schnurstracks in ihr Bett und zog sich die Decke über den Kopf. Viktoria stand ratlos im Flur. Sie wusste nicht, was sie tun sollte. Dann kam Max nach Hause – sofort berichtete sie ihm von der Hiobsbotschaft. Auch er war tief betroffen.

Die Vorhänge wurden zugezogen, die Musik war aus. Keiner aß etwas – wenn geredet wurde, dann nur leise. Es herrschte eine düstere Stimmung, die Viktoria ganz unwillkürlich an die Zeit erinnerte, als ihr Vater im Sterben gelegen hatte.

Ein paar Tage später kamen Charlotte und Greta gebräunt aus dem Urlaub zurück. Sie wussten von nichts. Hungrig von der Reise machten sie Pfannkuchen. Der Duft war verlockend. Nach und nach krochen Max, Viktoria und Bella aus ihren Zimmern.

Greta war überrascht.»Ihr seid hier? Damit haben wir nicht gerechnet.«

»Esst ihr mit uns mit?«, fragte Charlotte. Die anderen nickten wortlos und Charlotte bereitete mehr Teig zu.

Sie merkten, dass etwas geschehen war.

Als sie um den Tisch saßen, fragte Greta behutsam:»Was ist denn los?«

Die drei erzählten in kurzen Sätzen, was geschehen war. Greta und Charlotte waren bestürzt. Sie konnten nicht weiteressen. Der feine Pfannkuchen blieb ihnen im Hals stecken.

Greta fragte nach:»Also, wenn ich das richtig verstehe, hat Bella Krebs, weshalb ihr die Gebärmutter entfernt werden soll. Sehe ich das richtig?«

Bella nickte.

Charlotte wollte sicher sein, dass sie alles richtig verstanden hatte.»Das bedeutet, dass du wieder gesund wirst?«

Bella nickte wiederum.

Greta umarmte Bella.»Es ist traurig, dass du keine Kinder mehr bekommen kannst. Ich weiß, wie sehr ihr euch das gewünscht habt.«

Charlotte gesellte sich zu ihnen. Sie wischte ihr die Tränen mit einer Serviette vom Gesicht.

»Du wirst der Operation doch zustimmen, oder?«, fragte Greta, die Bellas Gesichtsausdruck nicht so recht deuten konnte.

Bella nickte.»Ja, ich werde den Eingriff machen lassen, obwohl ich nicht weiß, ob ich jemals ohne Kind glücklich sein werde. Der Gedanke daran war so wunderschön ... das hätte meinem Leben so viel Sinn gegeben.«

Viktoria sprach ihrer Geliebten zu:»Bella, ich liebe dich so sehr. Mit oder ohne Kinder. Wichtig ist, dass du lebst. Glaube mir, wir werden etwas anderes finden, das uns erfüllt:«

Bella runzelte die Stirn – dann schaute sie abwechselnd zu Max und zu Viktoria.»Und wie wäre es, wenn du unser Kind kriegst?«

»Oh, Bella!«, sagte Viktoria mit ergriffener Stimme. »Darüber habe ich mir auch schon Gedanken gemacht. Aber ich wusste nicht, ob ich dich vor den Kopf stoßen würde.«

Bellas Gesicht hellte sich auf. »Ich würde es sehr schön finden, wenn du unser Kind kriegst.«

Viktoria war überwältigt. »Ich kann gar nicht in Worte fassen, wie sehr mich das freuen würde.«

Sie schaute Max an. »Würde es für dich denn einen Unterschied machen, wenn deine Spende an mich statt an Bella ginge?«

Max schüttelte den Kopf. »Das spielt für mich keine Rolle. Es wird ohnehin das Kind von uns dreien sein!«

»Ach, meine Lieben«, sagte Charlotte, die ihre Stimme wiedergefunden hatte. »Ich verstehe, die Diagnose ist hart. Aber ihr habt Glück im Unglück. Dank der Operation wird Bella weiterleben. Ist das nicht wunderbar?« Die anderen nickten zustimmend.

Noch am Abend desselben Tages beschlossen sie, dass Bella so schnell wie möglich operiert werden sollte – nach ihrer Genesung würden sie sich dann ihrem Kinderwunsch widmen.

Susi war erleichtert, als Bella ihr die Entscheidung mitteilte. Umgehend organisierte sie einen Termin in der Klinik, und schon zwei Tage später fand der Eingriff statt. Bella hatte um diese Frist gebeten. Sie wollte mit Gisler noch einiges besprechen.

Dann ging alles sehr schnell. Nach dem Eingriff saß Viktoria voller Sorge an Bellas Krankenbett. Es dauerte lange, bis sie aufwachte. Sie war sehr geschwächt.

»Scht … nicht sprechen«, sagte Viktoria und streichelte Bellas Hand. »Der Eingriff hat länger gedauert als geplant. Die Ärzte sagen, dass auch die Eileiter von Metastasen befallen waren, weshalb sie diese ebenfalls entfernen mussten. Sie gehen davon aus, dass sie alles erwischt haben und du schnell wieder gesund wirst … aber jetzt musst du dich ausruhen.« Bella drückte dankbar Viktorias Hand. Mit einem Lächeln schlief sie wieder ein.

Die nächsten Tage waren für Bella sehr anstrengend. Sie konnte kaum essen und hatte große Schmerzen. Als es ihr nach einer Woche noch immer nicht besser ging, wurde Susi unruhig. Bella wurde ein zweites Mal operiert. Als die Ärzte ihren Bauch aufschnitten, erkannten sie, dass auch die Lymphknoten von Metastasen befallen waren. Sie versuchten das kranke Gewebe vollständig zu entfernen.

Nach dem Eingriff hatten sich Viktoria, Greta, Charlotte und Max bereits in Bellas Krankenzimmer eingefunden. Als Bella aufgewacht war, kam Susi zu ihnen ins Zimmer und berichtete ihnen vom Verlauf der Operation.

Zum Schluss sagte sie: »Es sieht nicht gut aus. Wenn die Lymphknoten befallen sind, hat der Krebs bereits im ganzen Körper gestreut. Das Einzige, was jetzt noch helfen könnte, wäre eine Strahlentherapie.« Susi wandte sich direkt an Bella: »Ich will dir keine falschen Hoffnungen machen.« Sie schluckte schwer und fuhr betrübt fort: »Eine Bestrahlung würde dich zusätzlich schwächen und die Prognosen sind selbst dann nicht sehr vielversprechend.« Für einen Moment schwieg sie. »Es tut mir so leid«, seufzte sie und verließ den Raum.

Bella, obwohl völlig benommen von der Narkose, realisierte klar, dass sie sterben würde. Stumm liefen ihr die Tränen über das Gesicht.

Max war verzweifelt. »Dieser Krebs ist ein verdammtes Arschloch!«, rief er wütend und traurig zugleich.

Viktoria schaute verzweifelt zu Greta. »Mama, was sollen wir bloß tun?«

Greta nahm sie fest in den Arm. Der Schmerz war unendlich groß. Sie waren voller Hoffnung gewesen – und jetzt das. Sie schluchzten, weinten, versuchten diesen elenden Schmerz zu verscheuchen. Aber es gab keinen Ausweg.

Mit Bella ging es schnell bergab. Viktoria wachte praktisch Tag und Nacht an ihrem Bett. Bella erhielt Morphium, das zwar ihre Pein linderte, sie jedoch müde und schlapp werden ließ. Trotzdem gab es immer wieder Momente, in denen sie ganz präsent war.

Bella spürte, dass ihr nicht mehr viel Zeit blieb. Ein letztes Mal erhob sie ihre Stimme: »Viktoria, ich liebe dich so sehr. Du trägst eine unglaubliche Kraft in dir. Du kannst alles erreichen, wenn du es nur willst – und ...«, fuhr sie behutsam fort, »bitte verliebe dich wieder. Sei einfach glücklich. Das ist mein allergrößter Wunsch. Wenn ich sterbe, bleiben wir im Herzen verbunden. Mein Leben ist dann vorbei – deines geht weiter. Wenn wir uns in einem anderen Leben begegnen, möchte ich eine zufriedene Viktoria sehen ... dann feiern und tanzen wir gemeinsam durch den Himmel. Ich liebe dich, du Teufelsweib ... mein Engel.«

Viktoria saugte ihre letzten Worte auf wie ein Schwamm. Sie umarmten sich. Bella schlief in ihren Armen für immer ein. Geborgen, beschützt, geliebt. Bella war tot.

10

Viktoria verfiel in eine tiefe Depression. Sie aß nichts mehr, lag tagelang in ihrem Bett und fühlte sich vollkommen verloren. Sie war leer. Nichts war mehr, wie es einmal war. Sie wollte nur noch eines: sterben.

Das machte Greta, Charlotte und Max große Sorgen und sie ließen Viktoria keine Minute allein. Auch wenn sie nichts für sie tun konnten, so waren sie immerhin da. Gleichzeitig mussten sie selbst einen Weg finden, mit der Trauer umzugehen. Immer wieder tauschten sie sich untereinander aus. Es linderte den Schmerz ein wenig.

Drei Wochen dauerte Viktorias Lethargie, dann taute sie langsam wieder auf. Sie duschte sich, zog sich an und nahm eine warme Suppe zu sich. Sie aß nicht viel, aber es war ein Anfang.

»Ich werde nie wieder glücklich sein«, war das Einzige, was sie sagen konnte.

Die anderen wussten, dass es nichts bringen würde, sie eines Besseren zu belehren – also nahmen sie an ihrem Schmerz teil und fühlten mit ihr mit.

Die warme Mahlzeit tat ihr gut und ihre Lebensgeister kehrten allmählich zurück – aber von der fröhlichen Viktoria war nichts übriggeblieben. Ihr Herz war in tausend Stücke zerbrochen.

Bald darauf wurde das Testament eröffnet. Viktoria und Charlotte waren vom Notar Simon Schöni eingeladen worden. Sie staunten, als sie den Treuhänder Gisler am Tisch sitzen sahen.

Sie setzten sich zu ihm und Schöni verkündete:»Das einzige Vermögen der verstorbenen Bella Meier befindet sich auf ihrem Bankkonto. Das sind knapp 20 000 Schweizer Franken. Frau Meier hat verfügt, dass dieses Geld nach ihrem Ableben an die Frauenzentrale gespendet werden soll. Damit ist das Testament der verstorbenen Bella Meier vollstreckt.«

»Aber was ist mit all ihren Firmen, Liegenschaften und mit der Kunstsammlung, die sie von ihrem Vater geerbt hat?« Charlotte war schockiert.

»Wann wurde das Testament erstellt?«, wollte Viktoria wissen. Der Notar blätterte in den Unterlagen.»Genau vor zwei Wochen.«

Viktoria schaute traurig.»Das war der Tag vor ihrem Eingriff.«

Der Notar schaute zum Treuhänder Gisler.»Ich übergebe Ihnen das Wort.«

Gisler lächelte.»Mir scheint, Frau Meier wollte Sie überraschen.«

»Nun erzählen Sie schon – was wissen Sie?«, hakte Charlotte nervös nach.

»Sie hat ihr ganzes privates Vermögen in die Firma eingebracht. Schon bei der Gründung hatte sie die Hälfte der Anteile auf Viktoria eintragen lassen. Vor zwei Wochen hat sie ihre persönlichen Anteile auf sie überschrieben. Alles, was sie hatte, gehört jetzt Ihnen«, sagte Gisler zu Viktoria.

Alle waren baff.

»Das bedeutet, dass sie mich bereits bei der Firmengründung als Miteigentümerin eintragen ließ ... und dass sie vor zwei Wochen damit gerechnet hat, dass sie sterben wird«, schlussfolgerte Viktoria. Ihre Brust schmerzte.

Gisler sprach nun zu Charlotte: »Sie erhalten lebenslängliches Wohnrecht in der Villa und Bella hatte für Sie eine Lebensversicherung eingerichtet, die auf Sie übertragen wird.«

Charlotte schluchzte: »Die gute Bella.«

Viktoria hielt ihre Hand. »Das Liebste wurde mir genommen. Wozu soll ich noch Kurse abhalten und mich für andere aufopfern, wenn ich am Ende doch nur wieder dafür bestraft werde?«

Viktoria weinte jetzt hemmungslos. »Ich werde nie mehr glücklich sein.«

Der Gisler hielt sich dezent zurück, obwohl er selbst tief bewegt war. Auch er empfand große Trauer, denn er hatte Bella sehr geschätzt.

Als sie sich einigermassen gefasst hatten, sprachen Schöni und Gisler ihren Dank aus und gingen mit schwerem Schritt nach Hause.

Zwei Monate später rappelte sich Viktoria wieder auf und ging ins Büro. Dort traf sie auf die Sekretärin, die verzweifelt versuchte, Ordnung in ein nicht enden wollendes Chaos zu bringen. Viktoria war erschüttert, als sie den Berg an unbeantworteter Korrespondenz sah, der sich auf ihrem Schreibtisch türmte. Sie schaute in ihren Terminkalender. Bald sollten wieder Kurse stattfinden, doch sie bemerkte, dass sie dem nicht gewachsen war.

Viktoria brachte das Thema beim Abendessen ein. »Was soll ich bloß mit *Viktorias Inspiration* machen? Ich will und kann die Kurse nicht fortführen.«

Greta dachte laut: »Wie wäre es, wenn Priska deine Kurse übernimmt? Mit ihrem Mitarbeiterstab kann sie das stemmen, und du kannst dich vorerst zurückziehen.«

Charlotte pflichtete ihr bei: »Das ist eine gute Idee. Es wäre schade, wenn es diese wichtige Anlaufstelle nicht mehr gäbe.«

Viktoria atmete erleichtert auf. »Ihr habt recht. Priska ist eine sehr gute Option.« Es war, als wäre ihr eine große Last von den Schultern genommen worden.

Am nächsten Tag erzählte sie Priska von dieser Idee. Priska hatte Verständnis. »Natürlich unterstütze ich dich in dieser schwierigen Situation. Nimm dir alle Zeit der Welt und komm zurück, wenn es für dich wieder stimmig ist.«

Viktoria fand langsam in den Alltag zurück. Sie verließ ihre Höhle Schritt für Schritt, brachte Ordnung ins Büro, antwortete auf unzählige Beileidsbekundungen und kämpfte sich ins Leben zurück. So richtig Spaß und Freude empfand sie dabei nicht. Sie war teilnahmslos. Ein trauriger Schatten lag über ihr. Sie trug Schwarz.

Nachdem sich Viktorias Gemütszustand nach Monaten nicht gebessert hatte, machte sich Greta allmählich Sorgen. »Viktoria, auch die schlimmste Trauer sollte langsam vergehen. Meinst du, Bella wäre glücklich, dich so zu sehen?«

Viktoria wusste, dass Greta es gut meinte. »Ich weiß, dass du recht hast, Mama ... aber was soll ich tun?«

Greta versuchte sie aufzumuntern.»Wovon habt ihr denn geträumt, Bella und du? Was wolltet ihr gemeinsam erleben?«

»Wir hatten den Plan, gemeinsam nach Mexiko zu reisen. Immer wieder haben wir uns vorgestellt, wie wir einen VW-Bus kaufen und damit kreuz und quer durchs Land reisen.« Viktoria lächelte.»Uns erschien das sehr romantisch.«

Greta schaute Viktoria an.»Schön, wie du strahlst, wenn du davon sprichst. Geh nach Mexiko, Vicky. Tauche ein in diese wunderbare Kultur. Werde lebendig! Bella würde sich bestimmt darüber freuen.«

Viktoria schaute Greta mit festem Blick an.»Ja, Mama. Ich möchte wieder leben.«

11

»Max«, begann Viktoria ein paar Tage später etwas unsicher. »Bella und ich haben davon geträumt, um die Welt zu reisen. Wie wäre es, wenn stattdessen du mich begleiten würdest?« »Liebend gern!« Max fand die Idee großartig. »Wohin soll's gehen? Rom? Paris? Berlin?«

»Nach Mexiko, olé!«, sagte Viktoria fröhlich.

Max lachte. »Das habe ich mir gedacht. Du meine Güte. Das ist eine weite Reise. Und wie organisieren wir das Ganze? Sollen wir uns ein Angebot im Reisebüro holen?«

»Nein, wir fliegen einfach hin und kaufen uns einen VW-Bus. Damit reisen wir dann durch das ganze Land ... der Rest wird sich schon zeigen.« Viktoria war aufgeregt. »Max, ist es okay für dich, wenn wir jeweils in zwei Einzelzimmern übernachten?«

Max antwortete sanft: »Selbstverständlich. Mach dir keinen Kopf.« Viktoria war erleichtert.

Max sah das. »Wie schön. Du lächelst endlich wieder. Also, auf nach Mexiko!«

Sie buchten einen Direktflug. Bis dahin hatten sie drei Wochen Zeit und mussten allerlei erledigen. Sie ließen sich gegen Diphtherie, Tetanus und Hepatitis A impfen. Dann wurde das Berufliche organisiert und delegiert. Sie holten ihre Koffer aus dem Keller. Greta half beim Packen und Charlotte kaufte alle möglichen Arzneimittel ein: Kohletabletten gegen Durchfall,

Salben gegen Mückenstiche, Tabletten gegen Fieber und Schokolade gegen das Heimweh. Grinsend nahmen Viktoria und Max die Medikamente entgegen.

»Jetzt kann uns nichts mehr passieren«, sagte Max und zwinkerte Charlotte dankbar zu.

Dann war es so weit. Nach einer langen Flugreise trafen sie in Mexiko-Stadt ein. Sie ließen sich per Taxi zu einem Autohändler fahren und entdeckten dort einen grasgrünen WV-Bus, der ein paar Roststellen aufwies, aber ansonsten gut in Schuss war. Viktoria kramte in ihrem Rucksack. Sie hatte unzählige Dollarscheine und Reisechecks dabei – sogar eine Kreditkarte, obwohl diese nur in wenigen Geschäften und Hotels angenommen wurde. In Mexiko galt: Bares ist Wahres.

»¡Hola!«, rief der freundliche Händler – dann versuchte Max mit Händen und Füßen über den Preis zu verhandeln. Irgendwie wurde man sich einig. Viktoria überreichte ihm die abgemachten Dollarscheine. Sie stiegen in den Bus und fuhren davon.

Max fragte: »Okay, das hätten wir geschafft. Wo fahren wir jetzt hin?«

Viktoria hatte eine Landkarte auf ihren Knien und versuchte die Linien zu deuten.

»Wie wäre es, wenn wir in die Sierra Volcánica Transversal zum Vulkan Popocatepetl fahren?«

Max dachte nach. »Klingt gut – fahren wir in die Berge! «, rief er vergnügt.

Sie sprachen kein Spanisch, aber das machte nichts. Sie hatten ihre Herzen in der Hand.

Es war staubig und heiß. Da die Sonne bald untergehen würde, hielten sie in einem kleinen Hotel außerhalb der Großstadt an. Die Gastgeber Marta und José waren sehr nett und offerierten ihnen für ein paar Pesos zwei Einzelzimmer mit Aussicht auf den großen Garten und die Berge.

Im Preis inbegriffen waren Abendessen und Frühstück. Sie setzten sich an einen Tisch auf der Terrasse und aßen ihr erstes mexikanisches Gericht: Mole Poblano mit zartem Hühnerfleisch. Es roch wunderbar und schmeckte noch besser. Dazu servierte José einen schweren Wein, und zum Nachtisch gab's Tequila. Marta und José setzten sich zu ihnen und schenkten fleißig nach. Plötzlich sprachen Max und Viktoria fließend Spanisch, als wären sie selbst Mexikaner. Sie lachten und ließen sich gehen. Lange nach Mitternacht gingen sie die Treppe hinauf und fielen wie zwei schwere Steine in ihre Betten. Sie schliefen sofort ein.

Am nächsten Tag wachte Viktoria verkatert auf, zog sich Shorts und ein T-Shirt über und setzte eine Sonnenbrille auf. Sie schlurfte auf die Terrasse, wo ein reichhaltiges Frühstück auf sie wartete. Ihr drehte sich beinahe der Magen um.

»Kaffee?«, fragte Max. Auch er trug eine Sonnenbrille.

»Au ja ... einen starken, bitte«, grummelte Viktoria.

Marta brachte lächelnd einen Orangensaft. »Todo bien?«, fragte sie die beiden. Fröhlich plapperte sie weiter. Max und Viktoria schauten sich an und mussten trotz der Kopfschmerzen grinsen. Sie verstanden kein Wort mehr.

Plötzlich kam José wild gestikulierend zu ihnen. Er war sehr aufgeregt.

»Was ist denn los?«, fragte Max perplex.

»El bus fue robado ...«, jammerte José und rannte nach draußen.

Viktoria sah Max ratlos an. »Irgendetwas ist mit dem Bus, was meint er nur?«

Sofort realisierte Max, was los war, und lief José nach. »Wo ist unser Bus?«

Viktoria ging ihm hastig nach und erkannte, dass der Bus nicht mehr da war, wo sie ihn hingestellt hatten.

Jetzt kam auch Marta hinterher. Ein junger Angestellter wurde hinzugerufen, der gebrochen Englisch sprach. Die Mexikaner redeten wild durcheinander. Der junge Mann schaute betreten zu Boden, Marta und José schimpften auf ihn ein. Sie wiesen ihn an, den Gästen zu erklären, was passiert war.

Beschämt sagte der junge Mann: »Meine Mutter hat gesehen. Heute Morgen. Zwei Männer da gewesen. Gestohlen Bus. Schnell gefahren weg. Richtung nächste Stadt. Tut mir leid. Mutter erst gerade gesagt, was gesehen. Ich euch dorthin fahren. Mehr nicht machen können.«

Viktoria und Max schauten sich bestürzt an. Das war ja ein Ding. Ihr Fahrzeug war einfach gestohlen worden. So ein Mist. Mit einer Portion Wut im Bauch und Restalkohol im Blut packten sie und wollten bezahlen.

Marta und José ließen das nicht zu. Betrübt sagten sie: »Lo siento, amigos.«

Viktoria und Max stiegen beim jungen Mann ein und fuhren los.

Viktoria überlegte: »Meinst du, die stecken mit ihnen unter einer Decke?«

Max schaute sie an.»Das kann ich mir nicht vorstellen. Aber wer weiß, wir sind in einem fremden Land. Ich glaube, wir müssen vorsichtiger sein.«

Die nächste Stadt war nur eine Stunde entfernt. Sie nahmen sich zwei Hotelzimmer mit Blick auf den Zócalo, den zentralen Marktplatz. Viktoria legte sich erst mal hin. Etwas Schlaf würde ihr bestimmt guttun. Max beobachtete aus dem Fenster den Verkehr in der Hoffnung, ihr grüner Bus würde auftauchen. Leider vergebens.

Am späten Nachmittag war Viktoria wieder in Form. Sie klopfte bei Max.»Ich habe Hunger und Durst. Wollen wir etwas essen gehen?«

Frustriert schlenderten sie durch die Gassen und blieben an einem Essensstand stehen. Auf einfachste Art wurden hier aromatische Dinge zubereitet. Sie wussten beide nicht, was es war, aber es roch deliziös. Sie bestellten viele kleine Happen, die in Bananenblätter eingepackt wurden, setzten sich an einen Brunnen und verschlangen die Köstlichkeiten.

Viktoria meckerte:»Ich hatte mir die Reise ruhiger vorgestellt. Idyllisch, vielleicht auch abenteuerlich – aber nicht so abenteuerlich.« Traurig fügte sie hinzu:»Ich wollte hier auf andere Gedanken kommen, mich mit dem Leben versöhnen. Dann passiert uns dieser Mist. Das Leben ist einfach ein ewiger Kampf. Ich habe es so satt!« Viktoria ließ die Arme hängen.

Max ließ sie schimpfen. Ihm war klar, dass der Frust rausmusste. Dann marschierten sie weiter, tranken in einer Taverne einen exotischen Drink mit Mango.

Max wechselte das Thema und schwärmte:»Kulinarisch ist Mexiko bisher ein wahrer Höhepunkt. All die wunderbaren Gewürze und Düfte – sie sind so fremd und doch so wunderbar.« Viktoria beruhigte sich allmählich. Spätabends spazierten sie in einer kleinen Gasse zum Hotel zurück.

Da sahen sie ihn: den grasgrünen VW-Bus! Ihnen stockte der Atem. Sie schauten einander an. Ihnen klopfte das Herz bis zum Hals.

»Bist du bereit?«, flüsterte Max und sah Viktoria eindringlich in die Augen.

Sie war zuerst verwirrt und plötzlich verstand sie:»Oh ja, das bin ich!« Viktoria kamen die ganze Wut und der Frust hoch. Sie flüsterte verschwörerisch:»Wir holen das zurück, was uns gehört.«

Max schlich zur Fahrer- und Viktoria zur Beifahrertür. Sie sahen, dass das Auto nicht verschlossen war und zwei junge Männer an die Tür gelehnt schliefen. Gleichzeitig rissen beide die Türen mit Schwung auf. Der Dieb auf Max' Seite purzelte heraus. Max packte ihn am Kragen und schaffte ihn zur Seite, setzte sich ans Steuer und schlug die Tür zu.

Der Dieb auf Viktorias Seite erwachte und ballte die Faust. Er holte zum Schlag aus – doch da hatte er die Rechnung ohne Viktoria gemacht, die all ihre Wut und Enttäuschung der vergangenen Monate sammelte, sich aufrecht hinstellte und ihre Fäuste wie eine Profiboxerin vor ihr Gesicht hielt.»Du elender Dieb!«, lenkte sie ihn ab. Max war nämlich gerade auf den Fahrersitz geklettert und setzte sich mit dem Rücken zur Tür, holte mit den Beinen aus und kickte den Dieb von hinten so stark in den Rücken, dass dieser aus dem Auto in die Arme von Viktoria fiel. Sie machte einen schnellen Satz zur Seite und ließ ihn auf den Boden knallen.

Max startete den Motor und schrie:»Steig ein, steig ein!« In einem Sekundenbruchteil saß sie neben ihm und zog die Tür zu. Max gab Gas und brauste mit quietschenden Reifen davon.

Sie fuhren zum Hotel und stellten den Wagen auf den hoteleigenen Parkplatz, der bewacht war. Max machte den Motor aus. Viktoria schaute Max an. Sie brachen in schallendes Gelächter aus. Viktoria schüttelte es vor Lachen. Sie fühlte sich endlich leicht und unbeschwert. Plötzlich erinnerte sie sich an die Worte ihrer Mutter: Eines Tages wirst du wieder lachen, hatte sie gesagt. Wie recht sie hatte.

Max umarmte sie.»Schön, dass die alte Viktoria wieder da ist.«

Jetzt konnte die Reise richtig losgehen.

Am nächsten Morgen nahmen sie ein deftiges Frühstück zu sich – Huevos Rancheros in feurig roter Sauce.»Hmmm... lecker«, murmelte Viktoria mit vollem Mund.

Immer wieder mussten sie daran denken, was in der letzten Nacht geschehen war. Sie konnten es kaum fassen. Wie mutig sie doch gewesen waren! Ob man ihnen zu Hause die Geschichte glauben würde? Schließlich passierte so etwas Verrücktes sonst nur im Film! Wie gefährlich ihre Aktion gewesen war, hatten sie in dem Moment nicht realisiert.

Sie gönnten sich noch einen starken Kaffee – dann fuhren sie los. Aus der Ferne sahen sie bereits den Vulkan. Was für ein atemberaubender Anblick! Sie ließen die neuen Eindrücke, die fremde Kultur, die exotischen Gerüche und wunderbaren Begegnungen mit den Einheimischen auf sich wirken. Sie genossen die mexikanische Küche – wenngleich vieles davon so scharf war, dass ihre Zunge danach wie Feuer brannte. Immerhin wurden auf diese Weise sämtliche Bakterien und Parasiten abgetötet, die sie womöglich mit dem Essen aufgenommen hatten.

Montezumas Rache erreichte jedoch auch sie. Charlottes Reiseapotheke war im Dauereinsatz – vor allem die Kohletabletten waren Gold wert. An einem Tag hatten sie Durchfall, am nächsten Verstopfung. Zu allem Übel hatten sie Margaritas getrunken, ohne zu wissen, wie viel Alkohol enthalten war. Also warfen sie sich zusätzlich Kopfschmerztabletten ein. Die Creme gegen Moskitostiche kam ebenfalls regelmäßig zum Einsatz.

Sie zogen vom Popocatepetl weiter nach Acapulco, badeten ihre Füße im klaren Wasser und aßen Austern am Strand. Ein paar Tage verbrachten sie in Oaxaca, bevor sie quer durch das Land bis nach Mérida fuhren und dort in Chichén Itzá die herrliche Pyramide des Kukulcán besichtigten – dann endlich kamen sie in Cancún an, einer Stadt in der Karibik, von der sie schon viel gehört hatten. Dort war die US-amerikanische Kultur stark spürbar. Überall hingen bunte Reklamen und es roch nach Frittierfett. Beim Essen blieb ihnen jeweils nur die Wahl zwischen Donuts und Burger. Nach ihrer langen Reise durch die vielen schmucken Dörfer mit ihren verwinkelten Gässchen war dieser Ort ein wahrer Kulturschock. Hier wollten sie nicht bleiben – also beschlossen sie, an der Küste entlang in Richtung Süden zu fahren.

Nach etwa einer Stunde kamen sie in ein Fischerdorf namens Playa del Carmen. Es war pittoresk: Frühmorgens schipperten die Fischer in ihren Booten aufs Meer hinaus und kamen gegen Mittag mit randvoll gefüllten Netzen zurück. Auf dem Wochenmarkt gab es alles, was das Herz begehrte – Fisch, Lobster, zartes Fleisch und frisches Gemüse. Neben den Ständen gab es immer ein paar Stühle, auf denen man Platz nehmen und das köstliche Essen genießen konnte. Mit den würzigen Saucen war jedes Gericht ein Gedicht.

Sie checkten ein in ein kleines Hotel in der Nähe der Landungsbrücke, dem Castillo Verde, das von einem ausgewanderten schweizerisch-deutschen Ehepaar geführt wurde. Mit viel Liebe hatten Corinne und Gunter das Schlösschen gebaut und mit mexikanischem Mosaik verziert.

Viktoria und Max fühlten sich hier wieder wohl. Der Strand war kilometerlang. Stundenlang spazierten sie barfuß im weißen Sand und sogen die liebliche Meeresbrise tief in sich auf. Ab und zu besuchten sie mit der Fähre die nahegelegene Insel Cozumel, blickten auf den Ozean und genossen die warmen Strahlen der untergehenden Sonne.

»Viktoria, du siehst großartig aus«, sagte Max mit einem Mal. Sie waren beide braungebrannt, und Viktoria hatte etwas zugenommen, was ihr gut zu Gesicht stand.

»Max ... ich danke dir für all deine Unterstützung. Ohne dich hätte ich das alles niemals geschafft. Dank dir habe ich neuen Lebensmut gewonnen«, sagte sie mit bewegter Stimme.

Max legte seinen Arm um ihre Schultern. Für einen Augenblick schwiegen sie beide.

Viktoria sah Max an. Welch außergewöhnlicher Mann, dachte sie.

»Ach, Max, wenn alle Männer so wären wie du«, sagte sie träumerisch.

»Dann?« Max wollte wissen, wie dieser Satz weitergeht. Sie antwortete nicht. Sie ließen den Abend ausklingen und legten sich schlafen – am folgenden Tag standen sie mit den ersten Sonnenstrahlen auf, um im Meer zu schwimmen.

Die Fischer fuhren weit auf die offene See hinaus, und die Möwen flogen ihnen hinterher. Viktoria und Max schwammen an der Küste entlang. Viktoria schloss die Augen, lauschte dem Meeresrauschen und genoss das erfrischende Wasser des karibischen Ozeans.

Doch plötzlich schrie sie: »Hilfe!«, fuchtelte wild mit den Armen und drohte zu ertrinken. Mit schnellen Zügen schwamm Max zu ihr und packte sie. Viktoria schrie weiter.

Max fragte: »Was ist? Was hast du?«

Viktoria jammerte: »Es brennt, es brennt, es tut so weh!«

Max sah, dass eine Qualle Striemen an ihrer linken Wade hinterlassen hatte. Die Haut war feuerrot und schlug Blasen. Endlich am Strand angekommen, versuchte Max die Stelle mit Trinkwasser abzuspülen – doch es wurde immer schlimmer.

Viktoria krümmte sich vor Schmerz.

Max versuchte sie zum Hotel zu tragen – nach ein paar Metern knickt er um und sie stürzten in den feuchten Sand.

»Autsch!«, rief Max und griff sich an den Knöchel. Sie humpelten, so gut es ging, zurück zum Hotel.

Gunter und Corinne sahen sie und eilten ihnen sofort zu Hilfe. »Viktoria, alles wird gut«, sagte Corinne und streichelte Viktoria fürsorglich über den Kopf – dann hakte sie sich mit dem Zimmermädchen bei ihr unter. Sie führten sie ins Personalbad und ließen sehr warmes Wasser über den Quallenbiss fließen, so heiß, wie Viktoria es aushielt. Anschließend behandelten sie die Wunde mit Essig. Der Schmerz ließ allmählich nach. Währenddessen brachte Gunter einen Eimer mit eisig kaltem Wasser, damit Max seinen verstauchten Fuß darin baden konnte. Später bedankten sich die beiden für die hilfreiche Unterstützung und gingen auf ihre Zimmer.

Nach diesem Schreck nahmen sie eine kalte Dusche und machten sich für das Frühstück frisch. Sie hatten Appetit.

Sie bestellten Spiegeleier mit Speck, Kaffee und einen Früchteteller. Die Mangos schmeckten besonders süß.

»Ich muss wohl mehr trainieren.« Max lachte. »Nächstes Mal trage ich dich mit Leichtigkeit nach Hause!«

»Ja, von dir hätte ich mehr erwartet«, scherzte Viktoria. Sie ließen das Geschehene nochmals an sich vorbeiziehen und lachten über die Situationskomik. Viktoria schaute Max an. Anders als sonst. Als würde sie ihn das erste Mal sehen. Etwas Sanftes lag in ihrem Blick. Sie stand auf und ging um den Tisch herum auf ihn zu. Auch er erhob sich, nichtsahnend, was folgen würde. Dann legte sie die Arme um seinen Nacken.

Sie schaute ihn an. »Max, ich liebe dich. Ich möchte mit dir zusammen sein.«

Max schaute Viktoria tief in die Augen. Auch er fühlte die tiefe Liebe zu ihr. Sie hatte so lange in ihm geschlummert. Sie küssten sich. In diesem Augenblick stand die Welt still.

Die nächsten Tage sprachen sie darüber, wie ihre Zukunft aussehen sollte. Sie redeten auch über ihre Unsicherheiten und Ängste. Was wohl Bella zu ihrer Beziehung sagen würde, fragte sich Viktoria.

»Was hättest du Bella gewünscht, wenn du statt ihr gestorben wärst?«, gab Max die Frage an sie zurück.

Viktoria dachte nach.

»Ich hätte mir gewünscht, dass sie sich neu verliebt, eine Familie gründet und einfach glücklich ist«, erwiderte Viktoria.

»Siehst du? Ich bin mir sicher, dass Bella das genauso sehen würde«, sagte Max.

Viktoria lächelte. Er hatte recht. Schließlich waren das sogar ihre letzten Worte gewesen.

»Apropos Familie. Wie sieht es mit deinem Kinderwunsch aus?«, fragte Max behutsam.

Viktoria holte tief Luft. »Ehrlich gesagt fühle ich mich mit meinen bald vierzig Jahren inzwischen zu alt dafür. Zwar hat mein Vater auf dem Sterbebett prophezeit, dass ich einmal Mutter von zwei Kindern sein würde – aber vielleicht hat er sich ja getäuscht. Weißt du, ich möchte meine Lebenszeit lieber mit dir verbringen und unsere Projekte weiter vorantreiben. Wie denkst du darüber?«

Max antwortete: »Viktoria, seit ich dich kenne, liebe ich dich. Nie hätte ich gedacht, dass wir jemals zusammenkommen. Ich kann es noch gar nicht so recht begreifen, dass es nun doch einen Weg für uns gibt. Weißt du, ich bin auch ohne Kinder glücklich und einfach nur froh, mit dir zusammen zu sein. Lass uns neue Projekte beginnen – gleichzeitig werde ich auch meine Geschäfte weiterführen. Ich habe weitergehende Pläne. Ist das in Ordnung für dich?«

Viktoria nickte und schaute ihn lange an. Sie bewunderte seine Stärke.»Ja natürlich! Ich glaube, wir brauchen beide unseren Freiraum, damit wir glücklich sind.« Viktorias Herz hüpfte vor Freude.

Der Abend nahte – in Gedanken an ihre erste Liebesnacht wurde Viktoria unruhig.

Max bemerkte ihre Anspannung.»Viktoria, mach dir bitte keine Gedanken. Du allein bestimmst das Tempo und legst fest, wie weit wir gehen. Ich werde erst dann mit dir schlafen, wenn du mich darum bittest.«

»Das ist ja eine Ansage«, lachte Viktoria. Sie entspannte sich.

Für Viktoria wurde es eine unvergessliche Nacht. Max war unglaublich einfühlsam und zärtlich, sodass sie sich wohl fühlte. Bald wuchs ihre Lust ins Unermessliche. Irgendwann hielt sie es nicht mehr aus.»Max, schlaf mit mir! Bitte!«

Sie liebten sich und gaben sich dem Moment hin. So etwas Schönes hatte Viktoria mit einem Mann noch nie erlebt. Sie fühlte sich als Frau ganz angekommen. Es war magisch.

Sie schauten einander verliebt in die Augen. Beide leuchteten vor Glück. Eine wunderbare Leichtigkeit hatte die Schwere der letzten Monate in Luft aufgelöst.

Ein paar Tage blieben sie in dem Hotel und genossen die Ruhe – danach fuhren sie fröhlich den ganzen Weg bis nach Mexiko-Stadt zurück. Sie verkauften den VW-Bus, stiegen in das Flugzeug und kehrten mit reich gefüllten Herzen nach Hause zurück.

Greta und Charlotte holten die beiden vom Flughafen ab. Gemeinsam feierten sie ihre Rückkehr. Sie freuten sich, als ihnen Viktoria und Max von den frohen Neuigkeiten berichteten.

Greta strahlte. »Endlich habt ihr zueinander gefunden.«

Charlotte pflichtete ihr bei: »Ihr gehört zusammen.«

Voller Tatendrang starteten Max und Viktoria nach der Reise durch. Max begann mit seinem Unternehmen zu expandieren und Viktoria engagierte sich wieder für die Frauenhäuser, die Kurse und weitere Projekte. Nach wie vor musste Viktoria Hürden überwinden. Die Gesetze hatten sich teilweise geändert und Frauen hatten mehr Rechte. Theoretisch – die Realität hinkte hinterher. Nach der Mexiko-Reise hatte sie jedoch mehr Geduld und konnte mit Widerständen leichter umgehen. Wenn es schwierig wurde, beriet sie sich mit den anderen. Alle unterstützten sich gegenseitig. Sie waren nach wie vor ein unschlagbares Team.

Max und Viktoria gönnten sich immer wieder eine Auszeit, reisten in fremde Länder und unternahmen Städtereisen. Eines Tages fuhren sie gemeinsam nach Venedig. Sie tranken einen Espresso unter den Arkaden am Markusplatz, flanierten durch die Gassen und fütterten die Tauben. Es war sehr romantisch.

»Lust auf eine Gondelfahrt?«, fragte Max. Er wirkte etwas nachdenklich.

»Au ja, so romantisch!«, jauchzte Viktoria. Sie stiegen in das schmale Boot und ließen sich durch die Kanäle fahren.

»Ohhh sole miooo!«, sang der Gondoliere voller Inbrunst und traf dabei keinen einzigen Ton. Viktoria und Max konnten das Lachen nicht zurückhalten.

Allmählich wurde es dunkel. Die Laternenlichter glitzerten sanft auf dem Wasser. Es war eine wunderbare Abendstimmung.

Das Boot schwankte gefährlich. Trotzdem ging Max plötzlich vor Viktoria auf die Knie: »Viktoria. Du bist die Liebe meines Lebens. Lass uns gemeinsam neue Wege beschreiten ... nicht nur als Paar, sondern als Herr und Frau Knoll. Willst du mich heiraten?« Schnell fügte er hinzu: »Bitte sag Ja, bevor ich noch ins Wasser falle!«

»Ja!«, rief Viktoria vor Freude. Schnell streifte er ihr den Ring über den Finger und fiel zurück in seinen Sitz. Sie umschlangen sich lachend und küssten sich liebevoll.

»Bravo!«, lobte der Gondoliere den filmreifen Auftritt.

Viktoria schaute den schönen Diamantring an. Ihre Augen leuchteten. »Diesen Moment werde ich nie vergessen!«

Das Leben war wundervoll.

12

Nach der Hochzeit zogen sie in ein schmuckes Haus in der Nähe von Max' Geschäft. Um das Gebäude herum befand sich ein großer Garten, und von der Terrasse aus hatte man einen wunderbaren Blick auf den See und die Berge. Das war jetzt ihr eigenes kleines Nest. Greta und Charlotte hatten es nicht weit zu ihnen. Sie kamen regelmäßig zu Besuch.

Ihr Alltag verlief ruhig und unaufgeregt. Sie trieben ihre Projekte weiter voran und setzten sich aktiv für Frauenrechte ein. Ihr Beitrag für die Gesellschaft war beachtlich: Über die Jahre waren eine Reihe unterschiedlicher Hilfswerke und Institutionen entstanden, die entweder von ihnen ins Leben gerufen oder mit staatlicher Unterstützung gegründet worden waren. In der ganzen Schweiz entstanden neue Frauenhäuser– parallel wurde die Opferhilfe als zentrale Anlaufstelle für Gewaltopfer eingerichtet.

All das war jedoch nur ein Tropfen auf dem heißen Stein – was Priska immer mehr zu realisieren begann. Sie brauchte eine persönliche Veränderung. Immerhin hatte sie beinahe fünf Jahre ohne Unterbrechung gearbeitet. Schon länger spielte sie mit dem Gedanken, nach Indien auszuwandern. Sie liebte diese Kultur – außerdem hatte sie dort gute Kontakte zu verschiedenen Ashrams. Als ihr eine Kollegin eine Stelle als Tantra-Lehrerin in Rishikesh anbot, überlegte sie nicht lange.

Viktoria freute sich für Priska – wenngleich ihr der Abschied von ihrer Freundin nicht leichtfiel. Gemeinsam mit Max organisierte sie eine große Abschiedsfeier und gab ihr anschließend noch ein Startkapital mit, damit sie in Indien keine finanzielle Not leiden musste.

Als Priska abgereist war, machte sich Viktoria ernsthafte Gedanken. Was sollte mit den Kursen geschehen? *Viktorias Inspiration* war in der Zwischenzeit gewachsen und das Ganze stieg Viktoria über den Kopf.

»Was haltet ihr davon, das Kurswesen zu verkaufen?«, fragte sie die anderen.

Greta war unsicher. »Meinst du nicht, dass du es bereuen würdest? Schließlich hast du die Kurse mit viel Begeisterung geführt und die Frauen vertrauen dir.«

Viktoria sagte: »Ich habe es mir gut überlegt. Es wird mir einfach zu viel, und ich glaube, es ist ein guter Zeitpunkt, um das jetzt loszulassen.« Die anderen hatten nichts einzuwenden und unterstützten sie in ihrem Vorhaben.

Bald darauf unterbreitete ihr ein junges, aufstrebendes Paar ein Angebot für *Viktorias Inspiration*. Melanie und Ronald waren Mitte dreißig. Nachdem sie auf einen Besuch bei ihr vorbeigekommen waren, hatte sie jedoch gemischte Gefühle. Ihr Bauchgefühl sagte ihr, dass sie Ronald nicht trauen konnte – doch Melanie mochte sie umso mehr. Trotz des inneren Widerstandes beschloss sie, *Viktorias Inspiration* an die beiden zu verkaufen.

Nach ein paar Monaten bewahrheitete sich ihr Bauchgefühl. Unter der neuen Führung liefen die Kurse nicht gut. Die Reklamationen ihrer ehemaligen Teilnehmer häuften sich. Statt den Frauen in ihrer Not zu helfen, lockten Melanie und Ronald sie in teure Seminare. Viele von ihnen kamen gar in finanzielle Not. So kann das nicht weitergehen, dachte Viktoria, die ihr Lebenswerk schon in Trümmern liegen sah. Sie fasste sich ein Herz und beschloss, neue Frauenkurse anzubieten. Es war ein sensationeller Erfolg: Viktorias Kurse waren binnen kurzer Zeit restlos ausgebucht, während Melanie und Ronald immer mehr Kunden verloren. Ronald drohte Viktoria, er würde sie verklagen. Schließlich konkurriere sie das verkaufte Geschäft. Doch sein Drohgebaren beeindruckte sie nicht weiter. Sie wusste genau, wie sie mit ihm umzugehen hatte. Sie bat ihn, seine Forderungen schriftlich festzuhalten. Sie würde es mit ihrem Anwalt anschauen. Als er merkte, dass sie für ihn persönlich nicht angreifbar war, gab er auf und ließ sie in Ruhe.

Hätte ich die Kurse einfach behalten, dachte Viktoria manchmal. Sie hätte sich einiges an Ärger ersparen können. Für sie war klar, dass sie nächstes Mal sofort auf ihr Bauchgefühl hören würde.

Ein paar Monate später begegnete sie Melanie zufällig in einem Café. Völlig ausgelaugt und erschöpft saß diese dort in einer Ecke. Viktoria erschrak über ihren Anblick. Sie setzte sich zu ihr und griff wortlos nach ihrer Hand. Doch Melanie wollte nicht reden. Sie stand auf und ging aus dem Lokal. Viktoria konnte ihr noch kurz eine Visitenkarte in die Hand drücken.

Tatsächlich meldete sie sich wenig später bei Viktoria. Sie trafen sich zu einem Tee in einem kleinen Lokal in der Stadt.

Zuerst saßen sie stumm nebeneinander. Dann bat sie Viktoria um Verzeihung, weil sie letztes Mal einfach gegangen war. Sie war damals nicht bereit gewesen zu reden. Viktoria meinte, dass es völlig in Ordnung sei, und Melanie begann zu erzählen: Sie berichtete, Mutter von Zwillingen geworden zu sein, und zeigte Viktoria ein Bild von Tina und Noah, das sie immer bei sich trug. Am Anfang seien sie noch eine glückliche Familie gewesen, doch als das Geschäft nicht mehr so gut lief und sie Schulden machten, sei Ronald immer aggressiver geworden. Sie hatte gehofft, er würde sich ändern – doch stattdessen sei es schlimmer geworden.

Viktoria nickte. Sie konnte sich in Melanie hineinversetzen. Sie bot ihr an, fortan an ihrer Seite zu bleiben, um sie in ihrem Prozess zu unterstützen, egal wie der aussehen würde.Melanie nahm dieses Angebot dankbar an. Sie hatte erkannt, dass sie ohne Hilfe von anderen keine Chance hatte, etwas zu verändern. Die nächsten Monate war Viktoria für sie da. Schlussendlich schaffte es Melanie, sich aus ihrer toxischen Beziehung zu lösen. Es war ein langer und steiniger Weg, aber am Ende war sie frei.

Melanie begann mit den Zwillingen ein neues Leben. Sie arbeitete wieder und wurde schuldenfrei. Die Kinder wuchsen ohne Sorgen auf. Noah war ein Sonnenschein. Er liebte es, zu klettern, und war immer zu Späßen aufgelegt. Tina hingegen lachte nicht viel. Sie war recht vorlaut für ihr Alter und wirkte manchmal schon sehr erwachsen. Was für ein seltsames Kind, dachte Viktoria. Wenn sie Tinas Blick sah, lief ihr manchmal ein kalter Schauer über den Rücken. Sie schob dies auf den Umstand, dass sie ja selbst keine Mutter war und somit wenig Erfahrung im Umgang mit Kindern besaß. Gern hatte sie das Mädchen trotzdem.

Melanie und Viktoria wurden beste Freundinnen. Sie unternahmen viel gemeinsam und vertrauten einander alles an. Sie verreisten manchmal zu zweit – Max passte dann auf Tina und Noah auf. Auch er mochte die Kinder sehr.

Viktoria und Melanie verbrachten ein Wochenende im Tessin. Sie genossen einen Cappuccino auf der Piazza Grande in Locarno. Die Sonne schien, sie trugen große Sonnenbrillen und schauten vergnügt die Passanten an.

Viktoria sagte:»Ist es nicht großartig, wie sich das Selbstbewusstsein der Frauen in den Jahren verändert hat?«

Melanie lächelte.»Ja, wer hätte das gedacht.«

Viktoria flüsterte ihr zu:»Stell dir vor, kürzlich, nach der Scheidung von Lady Di, meldeten sich die Frauen in Scharen für die Kurse an. Wenn sogar eine Prinzessin es schafft, sich aus der Ehehölle zu befreien, können wir das auch, sagen sie.«

Melanie fand das klasse.»Ich kann mir vorstellen, dass die Scheidungsrate in die Höhe schnellen wird. Prominente Beispiele haben mehr Einfluss, als man denkt. Ich bin froh, dass ich es geschafft habe. Ohne dich wäre ich gescheitert. Wer weiß, wie es dann geendet hätte. Ich werde dir immer dankbar sein, Viktoria.« Melanie griff nach Viktorias Hand.»Du bist meine beste Freundin.«

»Und du meine.« Sie lächelten sich an.

13

Plötzlich spürt Viktoria einen Druck. Sie ist verwirrt. »Wo bin ich?«, fragt sie sich – da erinnert sie sich. Das Flugzeug befindet sich im Sinkflug. Die Stewardess berührt sie sanft an der Schulter und bittet sie, den Sitz senkrecht zu stellen. Wenig später landen sie.

Als Viktoria aussteigt, schlägt ihr eine glühende Hitze entgegen. Sie schafft es kaum zu atmen, so heiß ist es. Im Flughafengebäude ist es wiederum eisig kalt, die Klimaanlagen laufen auf Hochtouren. Zum Glück hat sie ihren Schal dabei.

Das Flughafenpersonal führt sie und ein paar andere Leute zu einem Bus mit dunklen Scheiben, mit dem sie unter großen Sicherheitsvorkehrungen zum Hotel gefahren werden. Was wird sie erwarten? Was, wenn Melanie tot ist? Oder die Kinder? Sie traut sich kaum, daran zu denken.

Sie fahren durch Dohanar. Es wimmelt von Menschen und Autos. Nur langsam kommen sie im Stau voran. Dann wird der Verkehr flüssiger, die Häuser spärlicher. Sie verlassen die Stadt und fahren durch trockenes Wüstenland. In der Ferne sieht Viktoria einen Hotelkomplex. Es ist der Ort, wo alle Betroffenen des Attentats untergebracht werden.

Endlich kommen sie an. Sie fahren durch den Pressebereich, wo Journalisten immer noch auf der Jagd nach neuen Schlagzeilen sind. Anschließend passieren sie die Sicherheitsschranke und werden in ein hermetisch abgeriegeltes Areal gebracht.

Überall stehen schwer bewaffnete Sicherheitsleute. Nach dem, was geschehen ist, markiert die Regierung von Dohanar höchste Präsenz.

Viktoria steigt aus und lässt sich sofort zu den Überlebenden des Attentats bringen. Sie wird durch die Eingangshalle geführt. Da herrscht emsiges Treiben, ein Durcheinander der Sprachen. Weiter geht es raus aus dem Gebäude, an einem großen Pool vorbei. Schön sieht es aus, denkt Viktoria. Wenn nur der Anlass nicht so traurig wäre. Sie kommen zu einem schönen Gebäude mit vorgelagerter Terrasse mit Blick aufs Meer. Hier spielen ein paar Kinder fröhlich Tischtennis und Erwachsene mit betrübten Gesichtern sitzen am Tisch und essen. Melanie wird hineingeführt. Ein schwerer Kloß liegt ihr im Magen. Die Stunde der Wahrheit. Hat jemand von ihren Freunden überlebt? Oder ist sie umsonst hierhergereist?

Drinnen ist es hell und freundlich. Menschen weinen, lachen, sprechen, sitzen da und schweigen. Leider kein bekanntes Gesicht. Viktoria geht zum Essbereich. Hier gibt es ein Buffet mit reichhaltigen Speisen. Auch hier kennt sie keinen. Weiter geht es durch eine Lounge mit bequemen Sitzgelegenheiten. Viktoria schaut sich die Menschen an, die dort sitzen, geht vom Schlimmsten aus. Sie schaut sich weiter um, schließt die Augen und versucht, vertraute Stimmen zu hören. Nichts. Auf der anderen Seite des Raums gibt es einen Kinderbereich. In der Ecke ist eine kleine Bibliothek mit Kinderbüchern. Kinder sitzen auf kleinen Sesseln und lesen. Bei den Videospielen konzentrieren sich weitere Kinder und plötzlich hört Viktoria bekannte Stimmen. Sie schaut hinüber zum Kickertisch und entdeckt Tina und Noah. Die Kinder spielen gegeneinander und sind in ihr Spiel vertieft.

Viktoria fällt ein Felsbrocken vom Herzen, als sie die beiden sieht. »Tina, Noah«, ruft sie voller Freude. Die Kinder rennen ihr entgegen.

»Vicky, Vicky«, jauchzen beide. Viktoria geht in die Knie und umarmt die Zwillinge. Tränen der Erleichterung laufen ihr über das Gesicht.

»Wo ist Mama? Was ist mit Tante Marianne und Onkel Alex?«, fragt sie die beiden. »Alle tot«, antwortet Tina mit leerem Blick. Noah schaut betreten zu Boden. Er hat Tränen in den Augen.

Tina weist ihren Bruder zurecht. »Noah, hör endlich auf zu weinen, das bringt doch nichts.« Die Reaktion des Mädchens überrascht Viktoria nicht. Ihr ist klar, dass die Kinder traumatisiert sind und irgendwie versuchen, mit der Situation zurechtzukommen. Tina hat wahrscheinlich seit dem Ereignis versucht, die Starke zu spielen.

Viktoria drückt die beiden noch fester an sich. »Hört zu, ihr dürft so viel weinen, wie ihr wollt. Euch ist etwas Schreckliches passiert. Eure Mama ist tot und auch Onkel Alex und Tante Marianne. Das ist furchtbar. Es tut mir so leid.« Viktoria kann die Tränen nicht zurückhalten und weint zusammen mit den Kindern.

Schließlich fängt sie sich und steht auf. »Habt ihr auch so großen Hunger wie ich?«, fragt sie die beiden. Diese nicken. Viktoria fragt sie: »Könnt ihr mir zeigen, wie das hier mit dem Essen funktioniert?«

Die Kinder nehmen sie bei der Hand und zeigen ihr das Buffet. Sie nehmen sich ein Tablett, Teller und Besteck.

Noah nimmt sich süße Speisen. Vergnügt sagt er:»Wir dürfen so viel spielen und essen, wie wir wollen. Schau mal: Es gibt Eis, Pfannkuchen, Erdbeeren ...«

Viktoria ist gerührt. Sie weiß, dass Kinder anders trauern als Erwachsene. Ihre Gefühle wechseln sich sprunghaft ab.

Tina nimmt sich einen Teller Spaghetti und sagt trocken zu Noah:»Na und? Morgen fliegen wir ohnehin wieder nach Hause.«

Noah fragt nach:»Ist das wahr, Tante Vicky?«

Viktoria nickt.»Ja, und zu Hause kochen wir dann gemeinsam. Max weiß, wie man den besten Hotdog macht. Mögt ihr das?«

Noah wirft die Arme hoch und jauchzt:»Au ja, das ist lecker!«

Viktoria sieht sich um.»Wisst ihr, wo ich mehr Informationen erhalte?«, fragt sie die Kinder.

Tina zeigt zu einer Tür.»Hier drin sind ganz viele wichtige Menschen. Ich glaube, da kannst du fragen.«

Vorsichtig fragt Viktoria:»Kann ich euch allein lassen?«

Noah bettelt:»Nein, geh nicht! Bitte bleib hier.«

»Ich komme wieder zurück, es dauert auch nicht lange«, tröstet Viktoria ihn.

Noah will es genau wissen:»Wie lange?«

Viktoria rechnet nach:»Zwei Stunden. Ist das okay?«

Tina stochert im Essen herum und meint:»Ist gut, wir warten in der Spielecke oder draußen auf dich.«

Viktoria steht auf und klopft an die Tür. Sie wird hereingelassen und eine nette Frau beim Empfang hilft ihr weiter. Sie führt sie in ein Büro, wo ein Schweizer Delegierter ihre Fragen beantworten wird, soweit dies möglich ist. »Steiner mein Name«, stellt er sich vor. Viktoria erklärt ihm, wer sie ist, und möchte wissen, was sich genau ereignet hat.

Steiner berichtet ihr von dem Tathergang: Melanie und Marianne hätten sich in einem Versteck aufgehalten und sich auf die Kinder gelegt. Als die Attentäter sie entdeckten, hätten sie mehrfach auf die Frauen geschossen. Sie seien sofort tot gewesen, und auch Alex sei im Kugelhagel umgekommen. Die Kinder seien jedoch wie durch ein Wunder unversehrt geblieben. Als man sie fand, seien sie voller Blut gewesen, das von den Frauenkörpern auf sie herabgeflossen sei.

Viktoria schluchzt. Sie stellt sich vor, wie sich die beiden Frauen schützend auf die Zwillinge gelegt und so deren Leben gerettet haben. Die Trauer umfasst sie wie eine dunkle Wolke. »Wo sind die Verstorbenen?«, fragt sie mit belegter Stimme.

Steiner antwortet: »Ich werde Sie gleich zu ihnen führen. Ich würde Sie dann auch bitten, die Leichen zu identifizieren – wir wollten die Kinder damit nicht belasten. Davor würde ich gerne noch ein paar organisatorische Dinge mit Ihnen besprechen. Kommen Sie.« Er führt Viktoria in ein anderes Büro und holt einen Ordner aus dem Schrank. Jetzt breitet er diverse Unterlagen vor ihr aus. »Wie Sie gesagt haben, sind Sie im Moment die einzige Vertrauensperson der Kinder. Ich gebe Ihnen jetzt alle Papiere, die Sie für die Rückreise benötigen. Ich nehme an, die Zwillinge werden anfangs bei Ihnen wohnen?«

Viktoria ist etwas irritiert. »Richtig, sie werden bei uns wohnen, aber nicht nur anfangs, sondern dauerhaft. So hatte ich es mit ihrer Mutter Melanie Brinkhaus ausgemacht. Gilt das nicht?«

Steiner versucht sie zu beruhigen: »Die Vormundschaftsbehörde wird das Ganze prüfen und im Sinn der Kinder entscheiden. Das ist ein normales Verfahren. Wenn Sie sich schon immer nah waren, gehe ich davon aus, dass das die beste Lösung ist und die Kinder bei Ihnen bleiben.« Er zeigt auf ein Formular. »Bitte unterschreiben Sie hier – damit bestätigen Sie den Empfang der Papiere.«

Nachdem Viktoria unterschrieben hat, wird sie in die Leichenhalle geführt. Das Herz schlägt ihr bis zum Hals.

Eine Schublade wird geöffnet. Viktoria bekommt Gänsehaut. Ein ganzes Leben steckt in dieser Schublade. Vor ihr liegt ein toter Körper, bedeckt mit einem weißen Tuch.

Steiner hält die obere Ecke des Tuches und fragt behutsam: »Sind Sie bereit?«

Viktoria nickt. Er nimmt das Tuch weg und der Kopf wird frei. Es ist Melanie. Viktoria wendet ihren Blick von ihrem Gesicht ab und weint hemmungslos. Jetzt hat sie absolute Gewissheit. Melanie ist tot. Steiner holt einen Stuhl, damit sie sich setzen kann. Er bleibt da, mit seiner ruhigen Art. Nach dem Weinkrampf reicht er ihr ein Taschentuch. Viktoria trocknet ihr Gesicht ab und schnäuzt sich. Sie ist bereit, nochmals hinzuschauen. Langsam steht sie auf und geht zu Melanie. Einschusslöcher, Austrittswunden. Es sieht furchtbar aus. Viktoria erschrickt und nimmt einen tiefen Atemzug. Es fällt ihr schwer, aber sie bleibt stehen.

Sie betrachtet Melanie und nimmt ihre feinen Gesichtszüge wahr. Trotz der Wunden ist sie immer noch schön, denkt sich Viktoria.

Sie schaut sich auch Marianne und Alex an und kann alle drei zweifelsfrei identifizieren.

Steiner bedankt sich und sagt liebevoll:»Ich lasse Sie einen Moment allein.« Er verlässt den Raum.

Sie schließt die Augen und gedenkt der drei lieben Menschen, die sie verloren hat. Der Schmerz ist immens. Ein paar Minuten bleibt sie bei ihnen, dann verlässt sie die Halle.

»Wie kommen die Verstorbenen in ihre Heimat zurück?«, fragt sie Steiner, der draußen auf sie gewartet hat.

»Das ist bereits von der Schweizer Botschaft und dem Auswärtigen Amt der Schweiz geregelt worden«, antwortet er. Viktoria ist froh – jetzt kann sie sich endlich ganz den Kindern widmen. Sie verabschiedet sich und kehrt zu den Zwillingen zurück. Sie spielen jetzt draußen mit anderen Kindern Tischtennis.

Noah sieht sie, läuft auf sie zu und ruft freudig:»Tante Vicky! Du bist wieder da.«

Sie umarmt ihn und sagt:»Spielt nur weiter, ich setze mich da hin und trinke einen Tee.«

Noah rennt wieder zurück und jetzt winkt auch Tina kurz. Viktoria ist froh, dass sie sich mit Bewegung und Spaß ablenken können. Dazusitzen und die Kinder spielen zu sehen, beruhigt sie.

Später nehmen sie gemeinsam das Abendessen ein.

Viktoria informiert die Kinder:»Wie Tina vermutet hat, fliegen wir morgen heim.«

Tina schaut sie skeptisch an.»Und was passiert danach? Wohnen wir dann bei euch?«

»Würdest du das denn wollen?«, fragt Viktoria behutsam nach.

»Ja, das wäre schön«, meint Tina, nachdem sie eine Weile nachgedacht hat. Auch Noah nickt zustimmend.

»Ich habe eurer Mutter versprochen, dass ich mich um euch kümmere, sollte ihr etwas zustoßen. Max und ich würden uns jedenfalls sehr freuen, wenn ihr bei uns bleiben würdet.«

Tina nickt zustimmend und Noah weint:»Ich bin froh, dass wir zu euch kommen. Sonst wären wir ganz allein.«

Viktoria nimmt seine Hand.»Ich werde immer für euch da sein. Versprochen.«

Sie essen ruhig fertig und Viktoria meint verschwörerisch: »Ich habe eine ganz große Suite erhalten. Wollen wir nach dem Essen packen gehen und ihr schlaft bei mir im großen Zimmer?«

Die Kinder sind Feuer und Flamme. Also gehen sie zusammen ins Zimmer der beiden.

Tina zeigt auf drei Koffer.»Da sind Sachen von Mami, Tante Marianne und Onkel Alex. Und in dieser Tasche sind die Kleider und so, die sie getragen haben, als es geschehen ist.«

Viktoria schaut hinein. Badesachen – und zwei Uhren. Eine schwarze und eine weiße Rolex Daytona, die Melanie und Alex von ihren Eltern geerbt hatten. Symbolisch standen diese für die wertvolle Lebenszeit. Viktoria nimmt die Uhren an sich, um sie zu einem späteren Zeitpunkt den Kindern zu überlassen.

Die Koffer der Kinder sind ruckzuck gepackt. Viktoria lässt die Koffer abholen. Sie nehmen in einem kleinen Koffer alles mit, was sie für den Rückflug brauchen. Damit ziehen sie in die Suite von Melanie. Obwohl diese drei große Betten hat, wollen die Kinder bei Melanie unter die Decke. Vor ihrem Bett ist nämlich ein Fernseher und da schauen sie nach dem Zähneputzen noch den Kinderkanal und schlafen müde ein.

Viktoria bleibt noch lange wach. Sie rutscht vorsichtig aus dem Bett, ohne die Kinder zu wecken, und setzt sich in einen Sessel ihres Balkons. Endlich kann sie ihren Gefühlen freien Lauf lassen. Ströme von Tränen laufen über ihr Gesicht. Sie hat ihre geliebten Freunde für immer verloren. Der Schmerz zerreißt ihr das Herz.

Am nächsten Tag frühstücken sie und werden von einem Bus abgeholt. Sie sind nicht allein. Weitere Betroffene verlassen das Hotel. Als alle eingestiegen sind, geht es los. Sie verlassen die gesicherte Zone. Erst jetzt sehen die Kinder, was los ist: ganze Lastwagen mit der Aufschrift von Fernsehstationen und Nachrichtenagenturen, Reporter, die vor der Kamera Interviews geben.

Tina fragt: »Tante Vicky, was ist denn los?«

Viktoria erklärt, dass das Attentat viele Menschen aus unterschiedlichen Nationen getroffen habe und deshalb das Interesse so groß sei. Alle wollten wissen, was geschehen sei. Sie fühlten mit.

Noah ist besorgt. »Kommen diese Leute jetzt auch zu uns und stellen Fragen?«

Viktoria beruhigt die Kinder:»Nein, ihr braucht euch keine Sorgen zu machen. Im Hotel und auch am Flughafen werden wir geschützt. Außerdem passe ich auf euch auf.«

Tina und Noah entspannen sich. Tatsächlich werden sie am Flughafen durch einen speziellen Eingang geschleust und sogar im Flieger sind die Opfer und Betroffenen unter sich. Nach einem langen Flug holt Max die drei am Flughafen ab. Sie fahren auf direktem Weg nach Hause. Tina und Noah beziehen dieselben Zimmer, die sie von früheren Besuchen kennen. Sie finden sich schnell zurecht.

Nachdem sie ihre Taschen ausgepackt haben, deckt Max den Tisch und serviert den dreien ein mildes Chili con Carne. Die Kinder sind nachdenklich. Aber es schmeckt ihnen.

Tina lobt:»Das ist sehr gut, Max. Darf ich noch mehr haben?«

Max freut sich über das Kompliment und schöpft ihr nach. Auch Noah hat Appetit und nimmt eine zweite Portion.

Die Kinder schauen danach fern.

Viktoria und Max trinken einen Kaffee. Viktoria erzählt ihm alles, was sie erlebt hat. Sie teilt auch ihre Sorge mit ihm: »Hoffentlich nehmen sie uns Tina und Noah nicht weg.«

Max ist irritiert.»Wie kommst du denn darauf?«

Viktoria erklärt, was Steiner ihr gesagt hat.»Wir werden uns mit der Vormundschaftsbehörde auseinandersetzen müssen.«

Max versucht, sie zu beruhigen:»Ach, Viktoria. Jetzt warte erst mal ab. Es wird schon alles gut werden.«

»Ich werde Roger kontaktieren. Er soll mir genau aufzeigen, wie das Ganze funktioniert.« Viktoria ist fest entschlossen, alles richtig zu machen. Zu viel steht auf dem Spiel. Sie liebt die Kinder, als ob es ihre eigenen wären. Sie ruft Roger umgehend an und schildert ihm die Situation.

»Gib mir etwas Zeit. Ich kläre alles ab, und dann sehen wir uns«, sagt er bereitwillig. Eine Woche später treffen sie sich.

»Also, ich konnte Folgendes in Erfahrung bringen.« Roger runzelt die Stirn. »Als Nichtverwandte kann es sein, dass ihr die Vormundschaft für die Kinder erhaltet. Das Amt muss euch als Pflegeeltern prüfen. Aber das heißt nicht, dass ihr ein Recht auf die Kinder habt.«

Viktoria ist konsterniert. »Wie jetzt? Es geht doch um das Wohl der Kinder. Wären wir als Freunde der Familie nicht automatisch die erste Wahl?«

Roger fährt fort: »So wie der Fall liegt, erhalten die Kinder vorerst einen Amtsvormund. Dieser bestimmt, wo sie wohnen werden.«

Viktoria schwant Böses. »Mein Gott. Was heißt das konkret?«

Roger geht darauf ein: »Es ist möglich, dass dieser entscheidet, dass ihr die Kinder zur Pflege erhaltet.«

Jetzt ist auch Max aufgeregt. »Und falls nicht?«

Roger spricht besorgt weiter: »Dann könnt ihr es über den rechtlichen Weg versuchen. Wenn jedoch bei den fremden Pflegeeltern nichts Außerordentliches passiert, werden die Gerichte zu Gunsten der Pflegeeltern entscheiden.«

Viktoria seufzt.

Max versucht einen kühlen Kopf zu bewahren. »Und was sollen wir jetzt tun? Wie sollen wir uns verhalten?«

Roger trichtert ihnen ein: »Macht der Behörde klar, dass ihr bereit seid, für die Kinder zu sorgen. Das ist wichtig. Dann rate ich euch, mit ihnen zu kooperieren. Knüpft ein gutes Band mit dem Vormund. Schmeichelt ihm. Er hat die Macht. Wenn ihr ihn gegen euch aufbringt, wird er euch komplett außen vor lassen.«

Viktoria versucht, sich an einen Strohhalm zu klammern. »Und wenn wir die Kinder adoptieren? Sie sind zehn Jahre alt und können selbst entscheiden.«

Roger hat auch diese Variante geprüft. »Das ist eine gute Idee. Beantragt die Adoption umgehend, unabhängig von allem anderen. Aber ihr müsst wissen, dieser Prozess dauert.«

»Geduld. Geduld. Immer braucht es Geduld«, seufzt Viktoria. »Vermittelst du uns die Kontakte für eine Adoption?«

Roger nickt. »Ja, natürlich. Ich werde mich darum kümmern.«

Viktoria und Max sind ihm dankbar.

14

Es dauert nicht lange, da meldet sich die Vormundschaftsbehörde des Wohnortes der Kinder. Max und Viktoria werden gemeinsam mit den Kindern beim Amt vorstellig. Die Dame am Empfang ist sehr freundlich und – Viktoria kann es kaum glauben – sie hat einen schwarzen Punkt am Ohrläppchen! Automatisch greift sich Viktoria ans Ohr. Die Frau tut es ihr gleich. Jetzt lächeln beide.

Viktorias Anspannung schwindet. »Ich bin Viktoria«, flüstert sie ihr zu.

»Und ich Theresa«, antwortet diese freudig, »ruf mich an, wenn du etwas brauchst.«

Viktoria nickt ihr zu.

Herr Flückiger, der Leiter der Vormundschaftsbehörde, bittet sie zu sich. Er ist nicht allein. Ein weiterer Mitarbeiter sowie ein Sozialarbeiter – Herr Stocker – gesellen sich zu ihnen.

Tina und Noah werden eingehend befragt. Noah fühlt sich bedrängt und weint. Tina ist kurz angebunden. Sie sieht nicht ein, warum sie diesen drei fremden Menschen persönliche Sachen erzählen soll.

Viktoria gibt alle Informationen weiter, die sie hat. »Ich kann mir vorstellen, dass die Kinder traumatisiert sind, nach allem, was sie erlebt haben.«

Stocker fällt ihr ins Wort: »Das lassen wir am besten eine Fachperson beurteilen.«

Viktoria ist verunsichert. »Wir sind ehrenwerte Bürger«, meint sie versöhnlich.

»Ich kenne Sie. Meine Exfrau hat bei Ihnen Kurse besucht, und jetzt sind wir geschieden.« Stocker sagt diese Worte emotionslos. Aber Viktoria erkennt an seinem kühlen Blick, dass er angespannt ist. Oder gar wütend?

Max versucht dem Gespräch eine andere Richtung zu geben. »Wir würden die Kinder gerne bei uns aufnehmen. Wir kennen sie, seit sie klein sind, und könnten ihnen ein liebevolles Zuhause bieten.«

»Das ist kein Wunschkonzert«, wendet Flückiger ein. »Die Kinder sind vermögend. Sie erben nicht nur von ihrer Mutter, sondern auch von ihrem Onkel und seiner Frau, da keinerlei weitere Verwandten vorhanden sind. In solchen Fällen reißen sich sogenannte *Bekannte* um die Vormundschaft, damit sie sich das Geld unter den Nagel reißen können.«

Welche Unterstellung! Max und Viktoria verschlägt es die Sprache. Sie zählen innerlich auf zehn, um sich zu beruhigen. »Wir sind vermögend und sind auf das Geld der Kinder nicht angewiesen«, sagt Max eine Spur schärfer als beabsichtigt.

»Überhaupt«, fügt Flückiger hinzu, »Sie sind zu alt. Die Kinder brauchen junge Eltern. Wir werden uns besprechen und teilen Ihnen mit, wie es weitergeht.« Damit beendet er das Gespräch.

Auf dem Heimweg wirken alle bedrückt.

»Müssen wir von euch weg?«, heult Noah. Die Tränen laufen ihm über das Gesicht.

»Ja, hast du das nicht kapiert? Hör auf zu weinen. Du nervst.«

»Tina, bist du denn nicht traurig?«, fragt Viktoria liebevoll.

»Doch. Aber was bringt das? Gefühle tun nur weh. Sonst nichts. Es ist besser, keine Gefühle zu haben«, sagt Tina trotzig.

Viktoria seufzt.

Max versucht zu beruhigen. »Wir müssen geduldig sein und abwarten. Wer möchte ein Eis?«

Noah will eins. Tina auch. Sie halten an einer Eisdiele und genießen die kalten Köstlichkeiten. Viktoria kommt es vor, als würde das Eis den Brand in ihrem Herzen etwas mildern. Danach fahren sie nach Hause. Alle sind nachdenklich.

Eine Woche vergeht. Eine zweite. Es ist heiß und schwül. Am Abend sind Gewitter angesagt.

Das Telefon klingelt. Viktoria hat Flückiger in der Leitung: »Wir haben entschieden, dass Herr Stocker die Vormundschaft für die Kinder erhält. Er hat einen passenden Pflegeplatz für die beiden gefunden. Sie werden bei einem Ehepaar mittleren Alters auf dem Land auf einem Bauernhof aufwachsen. Das ist für die Kinder optimal, weil sie in der Natur groß werden.«

Viktoria trifft der Schlag. Sie bekommt kaum Luft. »Warum kriegen wir die Kinder nicht?«

Flückiger wird ungeduldig: »Fachpersonen haben entschieden, dass es so besser ist.«

Viktoria versucht sich einzukriegen, um ihn nicht weiter zu verärgern. »Können wir die Kinder dort besuchen?«

»Das müssen Sie mit Herrn Stocker ausmachen oder mit den Pflegeeltern. Mit der Zeit werden die Kinder kaum mehr nach Ihnen fragen. So ist es meistens. Das ist auch gut so. Sie sollen nochmals ganz von vorne anfangen. Gänzlich unbelastet.«

Flückiger scheint mit sich zufrieden zu sein.

»Wir wollen keine Zeit verlieren und holen die Kinder noch heute ab.« Flückiger verabschiedet sich knapp.

Blitze schlagen ein. Das Gewitter donnert und grollt. Viktoria erstarrt und bleibt wie angewurzelt stehen.

Als Max wenig später mit den Kindern nach Hause kommt, spürt er sofort, dass etwas nicht stimmt. »Was ist denn los?«, fragt er sanft.

Viktoria schluckt schwer. »Flückiger hat angerufen. Die Kinder kriegen diesen Herrn Stocker zum Vormund und kommen in eine Pflegefamilie.«

»Nein!«, ruft Noah und rennt auf Viktoria zu – Tina folgt ihm. Noah weint bitterlich. »Vicky … bitte nicht! Wir wollen doch hierbleiben!«

Sogar Tina ist bestürzt. »Das können die nicht machen! Unser Zuhause ist hier!«

Viktoria und Max gehen gemeinsam in die Knie und umarmen die Zwillinge.

Dann läutet es an der Tür.

Vor ihnen steht Herr Stocker mit zwei Polizeibeamten.

Stocker fragt knapp: »Können wir eintreten?«

Max ist ungehalten: »Was macht die Polizei hier?«

Stocker ist etwas verlegen: »Sie können sich nicht vorstellen, wie übel es zu- und hergeht, wenn Kinder abgeholt werden. Die Männer sind da, um einer Eskalation vorzubeugen.«

Viktoria gefriert das Blut in den Adern. »Kommt Kinder, ich helfe euch beim Packen.« Sie nimmt die beiden an der Hand und geht mit ihnen in ihre Zimmer.

Max führt die Männer ins Wohnzimmer. »Was darf ich Ihnen anbieten. Kaffee? Bier?«

Stocker sagt: »Kaffee ist gut. Schwarz, mit Zucker.« Die Polizisten nicken zustimmend.

Noah und Tina weinen herzzerreißend. »Vicky, wir wollen nicht fort!«, jammern beide.

Viktoria ist tief bewegt – doch sie versucht, einen klaren Kopf zu bewahren. Gemeinsam packen sie das Wichtigste zusammen. Als die Koffer gefüllt sind, flüstert sie den Kindern zu: »Psst, lasst uns ganz leise sein. Sie sollen nicht merken, dass wir schon fertig sind.«

Zu dritt setzen sie sich auf ein Bett und kuscheln. Die Nähe tut den Kindern gut.

»Kinder, als mein Vater starb, prophezeite er mir, dass ich einmal zwei Kinder haben werde. Heute weiß ich, dass ihr diese zwei Kinder seid.« Schnell drückt sie die beiden an sich. »Er sagte mir, dass ich um euch kämpfen soll – auch eure Mutter hat sich gewünscht, dass ich für euch sorge. Ich werde also alles tun, damit es euch gut geht. Wir schauen, dass ihr uns oft besuchen könnt. Und falls es euch schlecht geht, setzen wir alle Hebel in Bewegung, um euch zu uns zurückzuholen. Es wird vielleicht ein wenig Zeit brauchen, aber wir werden es schaffen. Habt ihr das verstanden?«

Beide schauen sie an.

Tina schaut Viktoria in die Augen. »Kannst du wirklich nichts tun?«

Noah stimmt mit ein: »Ja, Tante Vicky. Rette uns! Wir wollen nicht zu anderen Menschen. Wir haben doch nur noch euch.«

Viktoria stellt sich vor, wie die Kinder sich ins Polizeifahrzeug setzen müssen und die kleinen Kinderhände durch das Rückfenster zum Abschied winken.

Viktoria denkt nach. Was würde Greta tun? Damals, als Otto starb, hatte sie etwas gemacht, um alle zu schützen. Wahrscheinlich war das nicht legal gewesen. Sie hatte es trotzdem getan. Greta ist die stärkste Frau, die Viktoria kennt. Nein, sie würde nie zulassen, dass die Kinder fremdplatziert werden. Ein Plan muss her. Sie überlegt. Dann hat sie einen Geistesblitz. Sie ruft in Richtung Wohnzimmer Max zu, doch bitte die Schuhe der Kinder zu bringen. Die Männer bleiben im Wohnzimmer und Max kümmert sich darum.

Als er ins Zimmer kommt, flüstert Viktoria ihm zu:»Vertrau mir. Bring mir die Autoschlüssel. Ich rufe dich an, sobald ich kann.«

Max ist aufgeregt und geht nochmals zum Schuhgestell. Dort beim Eingang hängen die Schlüssel. Leise nimmt er diese an sich und geht zurück ins Zimmer. Er überreicht sie Viktoria und küsst sie.»Passt gut auf.«

Dann geht Max wieder zu den Männern. Laut sagt er:»Das dauert noch ein Weilchen. Möchte wirklich niemand ein Schnäpschen?«

Viktoria schaut die Kinder mit festem Blick an und flüstert:»Kinder, wir schleichen uns über den hinteren Balkon raus. Wir müssen leise sein. Wir gehen zum Auto und dann fahren wir los.«

Die Kinder erfassen den Ernst der Situation sofort. Sie machen keinen Mucks, nehmen ihre Taschen. Melanie nimmt die beiden Koffer und dann hauen sie ab. Draußen regnet es wie aus Kübeln.

Ein Blitz erleuchtet den Himmel und der Donner grollt. Sie erreichen das Auto, schmeißen alles hinein, Viktoria startet den Motor und sie brausen davon.

Jetzt können sie wieder reden.

Tina pfeift anerkennend durch die Zähne. »Tante Vicky, du bist toll.«

Noah ist verwirrt. »Wohin fahren wir? Hast du uns jetzt gerettet?«

Von Viktoria fällt die Spannung ab. »Ja, so kann man es sagen. Also, ich erkläre euch jetzt meinen Plan: Wir fahren in die Berge und verstecken uns. Die Polizei wird uns suchen, weil ich euch jetzt eigentlich gerade entführe.«

Noah erschrickt. »Ist entführen nicht etwas Böses?«

Viktoria überlegt. »Es ist nicht legal, aber böse ist es nicht, weil ich für euch das Beste will.«

Jetzt ist auch Tina nicht mehr wohl. »Kommst du dafür ins Gefängnis?«

Viktoria schluckt. »Das kann sein. Aber ich werde schauen, dass überall bekannt wird, was gerade passiert. Ich bin sicher, die meisten Menschen finden das nicht in Ordnung und wenn die sich zusammentun und demonstrieren, können sie die Behörden vielleicht umstimmen.«

Noah schüttelt den Kopf. »Das verstehe ich nicht.« Sogar Tina schaut fragend.

Viktoria beruhigt die beiden: »Für euch ist gerade nur wichtig, dass ihr in Sicherheit seid. Wir werden die nächsten Tage genießen und wenn ich mehr weiß, werde ich es euch umgehend berichten.«

Die Fahrt dauert nicht so lange wie früher, weil das Straßennetz in den letzten zwanzig Jahren immens ausgebaut worden ist. Viktoria schnappt sich ihr Nokia und ruft den Gärtner an. Sie bittet ihn, das Haus aufzuschließen. Unterwegs kaufen sie Essen und Getränke ein.

Sie kommen im Sommerhaus an. Schon lange ist Viktoria nicht mehr dort gewesen, wo sie Bella das erste Mal nahegekommen ist. Wehmütig denkt sie zurück. Viktoria überlegt, ob sie Max anrufen soll, aber sie weiß nicht, ob der Anruf vom Festnetz oder vom Handy aus zurückverfolgt werden kann. Schweren Herzens verzichtet sie darauf. Nicht einmal bei Greta meldet sie sich.

Sie richten sich ein und gehen bald zu Bett. Erschöpft schlafen sie ein.

Am nächsten Tag steht Viktoria früh auf und flüstert Tina zu, die gerade ihre Augen öffnet: »Ich gehe ins Dorf und bin bald mit frischem Brot zurück. Schlaft ruhig noch.« Tina dreht sich zur anderen Seite und atmet ruhig weiter.

Viktoria trägt Hut und Sonnenbrille, um nicht erkannt zu werden. Sie fährt direkt zur Telefonzelle im Dorf und wirft Münzen in den Schlitz.

Sie ruft Max an. Es klickt in der Leitung. »Guten Morgen mein Schatz.«

»Viktoria«, sagt er steif.

Viktoria realisiert sofort, dass etwas nicht stimmt.

Max fährt fort: »Wo bist du?«

Viktoria vermutet, dass das Gespräch abgehört wird, und antwortet: »Such uns nicht, wir sind in Italien und kommen nie mehr zurück.«

Sie hängt den Hörer auf die Gabel und überlegt. Dann kommt ihr Roger in den Sinn. Sie wählt seine Nummer.»Fehr«, meldet er sich.

Viktoria ist aufgeregt.»Roger, ich brauche deine Hilfe.«

Roger schimpft:»Viktoria! Was hast du getan! Die Polizei sucht dich überall.«

Viktoria fährt so ruhig wie möglich fort:»Damit habe ich gerechnet. Schau Roger, das Vormundschaftsamt hat uns als Pflegeeltern gar nicht in Erwägung gezogen. Aber es handelt sich um Waisenkinder, die allein auf dieser Welt sind. Max und ich sind die einzigen Menschen, die sie noch haben. Ich hatte keine Wahl, ich musste sie beschützen.«

Roger kann das nachvollziehen.»Hast du einen Plan? Wie willst du aus dieser Nummer rauskommen?«

Viktoria spricht konzentriert.»Roger, wir haben einen guten Draht zur Presse. Ich möchte die Geschichte öffentlich machen. Bitte organisiere den Journalisten, der am besten dafür geeignet ist. Ich vermute, dass die Wahrheit über dieses Verfahren bei den Lesern nicht gut ankommen wird und dass das Amt dadurch unter Druck kommt. Meinst du, ich habe eine Chance?«

Roger überlegte kurz und antwortet:»Viktoria, das könnte tatsächlich funktionieren. Ich kümmere mich darum. Sag mir, wo du bist. Du weißt, du kannst mir vertrauen.«

Viktoria gibt ihm die Adresse und bittet Roger, Max zu informieren, dass es ihnen gut geht. Roger verspricht es ihr.

Viktoria muss immer wieder ruhig atmen. Sie ist sehr aufgeregt. Beim Bäcker kaufte sie frisches Brot und fährt zurück ins Haus.

Das Unwetter ist vorbei. Viktoria stellt die Liegestühle nach draußen und die Kinder tummeln sich auf dem Rasen. Es ist sehr ruhig. Trotzdem kann sich Viktoria nicht entspannen. Eine Stunde später bekommt sie einen Anruf von Roger. Der Journalist Kummer ist auf dem Weg zu ihrem Haus. Er ist über das Thema informiert und wird den Artikel am nächsten Tag in der Tageszeitung *Blick* veröffentlichen.

Am Nachmittag kommt er an.

Viktoria reicht ihm die Hand.»Danke, Herr Kummer, dass Sie sich darum kümmern.«

Kummer erwidert:»Sehr gern. Ich finde es wichtig, dass über solche Missstände berichtet wird. Die meisten Betroffenen trauen sich nicht, an die Öffentlichkeit zu gehen. Dabei wäre es so wichtig. Deshalb danke ich *Ihnen*.«

Viktoria erzählt ihm die ganze Geschichte und lässt nichts aus. Sie betont, wie innig ihr Verhältnis zu den Kindern ist und dass diese klar geäußert haben, dass sie bei Viktoria und Max leben wollen. Kummer nimmt das Gespräch auf und macht sich Notizen. Man merkt, dass ihn die Angelegenheit berührt. Viktoria kommt seinem Wunsch nach, die Kinder zu sehen, und geht mit ihm in den Garten. Da sieht er die beiden lachend mit dem Gartenschlauch spielen. Fröhlich hüpfen sie durch den Wasserstrahl.

Zum Schluss verabschiedet sich Kummer mit den Worten: »Die Geschichte wird einschlagen wie eine Bombe. Ich wünsche Ihnen, dass die Kinder bei Ihnen bleiben dürfen.«

In der folgenden Nacht bekommt Viktoria kein Auge zu. Sie vermisst Max. Wie es ihm wohl geht? Sie hätte ihn so gerne in ihrer Nähe. Einmal mehr erkennt sie, wie sehr sie Max liebt.

Am nächsten Tag zieht sie wiederum Hut und Sonnenbrille an und fährt ins Dorf. Am Kiosk kauft sie sich die Tageszeitung. Im Auto wirft sie einen ersten Blick darauf. Die Geschichte ist auf der ersten Seite. Sie ist sehr einfühlsam geschrieben. Am Ende steht, wie glücklich die Kinder im Hintergrund lachen. Viktoria fährt nach Hause und ruft Roger an. »Hast du es gelesen?«

Roger lacht: »Ja, und hier ist die Hölle los. Die Presse stürzt sich auf meinen Kollegen Jans, der für die Vormundschaftsbehörde zuständig ist. Die Menschen sind erbost. Er muss gerade überall vermitteln und beschwichtigen. Mensch Viktoria. Du bist so mutig. Ich bin gespannt, wie es weitergeht. Ich halte dich auf dem Laufenden.«

Sie verbringen einen weiteren Tag im Sommerhaus. Viktoria zerreißt es beinahe vor Spannung. Am Abend schaut sie die Nachrichten im Fernsehen. Sie staunt nicht schlecht, als sie sieht, dass sie in der Hauptsendezeit erwähnt wird. Der Regierungsrat Jans verspricht den Zuschauern, sich persönlich um die Angelegenheit zu kümmern. Viktoria ist stolz. Das Telefon klingelt.

Roger ist dran. »Viktoria, hast du es gesehen?«

Viktoria lacht. »Ja. Und wie geht es jetzt weiter?«

Roger erklärt es ihr: »Dir wird Straffreiheit zugesichert, weil du im Affekt gehandelt hast. Du und Max erhaltet zunächst die Obhut über die Kinder, bis das Vormundschaftsamt den Fall nochmals eingehend prüft. Ich gehe davon aus, dass ihr danach offiziell die Vormundschaft erhaltet und die Kinder bei euch bleiben.«

Viktoria jauchzt:»Das sind großartige Nachrichten. Meinst du, ich kann mit den Kindern nach Hause fahren?«

Roger rät ihr ab.»Zuerst rufst du Jans an. Ich gebe dir seine direkte Nummer. Er weiß nämlich nicht, wo du bist. Besprich es morgen mit ihm und lass es dir schriftlich geben. Da müssen mindestens die Unterschriften von zwei Regierungsräten drauf. Damit bist du abgesichert und nichts kann mehr schiefgehen.«

Viktoria versteht seine Vorsicht.»Ich ruf ihn morgen früh an, er soll es so vorbereiten und dann Max schicken. Er soll dich anrufen, wenn alles erledigt ist.«

Roger bestätigt:»Genau so machen wir es.«

Viktoria fährt am nächsten Tag sicherheitshalber nochmals ins Dorf und ruft Jans an. Es ist alles so, wie Roger gesagt hat.

An diesem Tag arbeiten die Behörden schnell wie ein Ferrari. Am Nachmittag ruft Roger an.»Alles erledigt. Bei Max ist die Polizei abgezogen und ihr könnt nach Hause.«

Viktoria fährt zurück und trifft die Kinder im Garten an.»Kinder, es ist alles gut. Ihr bleibt bei uns, wir fahren nach Hause.«

Noah hüpft umher und ruft:»Hurra, hurra ... nach Hause! Nach Hause!«

Tina läuft eine Träne über die Wange.»Danke, liebe Tante Vicky. Ich bin sehr froh.« Die Spannung fällt von dem kleinen Mädchen ab.

Sie packen ihre Sachen und verstauen alles im Auto. Fröhlich fahren sie los.

Viktoria greift nach ihrem Nokia und ruft Max an.»Schatz, wir kommen nach Hause.«

DRAMA EINER TOXISCHEN BEZIEHUNG

Exklusiv-Interview mit
Frank Urbaniok im Anhang.

Wie soll sich eine Betroffene verhalten, wenn ihr Leben in Gefahr ist?

Du verliebst dich. Du bist glücklich. Du ahnst nicht, wozu er fähig ist. Melanie steht mitten im Leben, 35, attraktiv, beruflich erfolgreich. Sie lernt Ronald kennen und verliebt sich in ihn. Er verkörpert alles, was sie sich je gewünscht hat. Sie heiraten, werden Eltern. Schon bald zeigt Ronald jedoch sein anderes Gesicht. Melanie verstrickt sich Schritt für Schritt in seine narzisstische Falle, bis sie ihm ausgeliefert ist. Ihre Ehe wird zur Hölle. Um eine Trennung zu verhindern, geht Ronald weit. Sehr weit.

Wird Melanie es schaffen, ihre Kinder zu retten?

SBN-13 978-3906325729